KB115340

현대 소환술사

THE MODERN SUMMONER

현대 소환술사 4

현윤 퓨전 판타지

초판 1쇄 찍은 날 § 2015년 7월 17일
초판 1쇄 펴낸 날 § 2015년 7월 24일

지은이 § 현윤
펴낸이 § 서경석

편집책임 § 박은정

펴낸곳 § 도서출판 청어람
등록번호 § 제387-1999-000006호
등록일자 § 1999. 5. 31
어람번호 § 제1-2177호

주소 § 경기도 부천시 원미구 부일로 483번길 40 서경B/D 3F (우) 420-822
전화 § 032-656-4452 팩스 § 032-656-4453
http://www.chungeoram.com
E-mail § chungeorambook@daum.net

ISBN 979-11-04-90320-5 04810
ISBN 979-11-04-90241-3 (세트)

현대 소환술사

THE MODERN SUMMONER

FUSION FANTASTIC STORY

현윤 퓨전 판타지 소설

4

도서출판 청어람

CONTENTS

제1장
새로운 사업, 물질

중국과 일본에 두 개의 사업체를 인수한 강수는 초기 자본 융통에 상당한 고역을 겪고 있었다.

물산과 건설은 초기 자본을 투입하는 것이 상당히 중요하다. 이는 대금을 받기 전에 버틸 수 있는 체력 같은 것이다.

하지만 지금 강수는 그런 기반을 다질 현금을 거의 다 써버린 상태였다.

때문에 지금은 현금 마련이 그 어느 때보다 시급한 상황이었다. 이에 강수는 현금을 마련할 수 있는 가장 좋은 방안을 찾았다.

전라남도 목포, 무안, 신안, 해남 인근은 다도해로 유명하다.

이곳의 갯벌에서 나는 바다 생물은 최상품의 젓갈로 재탄생하며, 바다를 경작해서 만든 천일염전은 대한민국 최고이다.

또한 목포 앞바다의 어장은 남해와 서해가 만나는 경계선에 위치해 있기 때문에 어획량이 상당히 풍부하다.

서해 특유의 흐린 시계에 남해안의 차가운 조류가 만나면서 천혜의 황금어장을 형성한다.

강수는 그런 전라남도 해남 인근에 위치한 작은 무인도 공매 입찰에 참가했다.

그는 명두와 함께 해남의 무인도를 대거 조사했다. 그중에서 개발이 일부 가능하며 최대한 알려지지 않은 곳에 입찰을 걸었다.

대지 면적은 약 6만 6천 평, 부동산 감정가는 24억 원으로 책정된 무인도였다.

하지만 대지가 여덟 번 유찰되면서 최소 입찰가는 12억까지 내려갔다.

이곳의 가격이 낮은 이유는 사람이 살 수 있는 최소한의 기반 시설이 하나도 없기 때문이었다.

그 흔한 전기조차 들어오지 않는 이곳에 수도와 도시가스는 어불성설이었다.

또한 무선 인터넷이 아니면 아예 인터넷을 사용할 수 없기 때문에 저절로 세상과의 단절을 자처하는 셈이다.

그래서 이곳은 유난히도 유찰이 많이 이뤄졌다. 이것은 요즘 대세와는 조금 반대되는 현상이었다.

한국 정부에서 개발을 허가하여 거래되는 무인도는 꽤나 높은 가격에 팔려 나가곤 한다.

이는 한국의 로하스 열풍에 의한 역 이촌향도 현상 중의 하나로, 사람들은 점점 도시에서 시골로 자리를 옮겨가고 있었다.

무한경쟁 사회라 불리는 삭막한 도시의 빌딩 숲을 떠나 시골에 작은 텃밭이나 일구면서 사는 것이 모든 사람의 꿈이 된 것이다.

하지만 도시를 떠나서 살 수 있을 정도의 재력과 여유를 가진 사람이 아니면 절대로 불가능하기 때문에 아무나 시도할 수 있는 낙향은 아니었다.

그럼에도 불구하고 꽤 많은 사람이 무인도 생활을 꿈꾸며 이주를 신청했는데, 유독 이 망산도만은 도저히 팔리지가 않았다.

망산도가 유난히도 유찰이 많이 되었던 또 다른 이유는 바로 지역 특성 때문이었다.

이곳은 어획량이 풍부한 대신 주변의 수온이 들쑥날쑥하기 때문에 아침과 저녁으로 짙은 해무가 낀다.

항해사들은 해가 뜬 시간이 아니면 이곳으로 절대 배를 몰지 않는다고 한다.

인근에 등대 하나 없는 이곳에서 길을 잃으면 상당히 난감하기 때문이다.

또한 조수간만의 차가 상당히 크기 때문에 하루에도 몇 번씩 수시로 물이 들어왔다 나갔다 반복한다.

그래서 이곳으로 배를 몰아 들어오자면 물때를 잘 맞춰야 한다.

잘못해서 물때를 잘못 타게 되면 배가 암초에 걸려 좌초되는 최악의 사태가 벌어지기 때문이다.

이런 지리적 특성 때문에 망산도는 '죽음의 섬', 혹은 '귀신의 집'이라고 불렸다.

이토록 특이하고 절망적인 망산도이지만 강수에겐 이만한 재테크가 없었다.

이곳은 앞으로 강수가 고블린과 오크들을 동원하여 해산물을 채취하여 판매하는 기지가 될 것이기 때문이다.

민간인은 물론이고 군인, 경찰까지 우회해서 돌아가는 이 지역에서 대놓고 오크들이 돌아다닌다고 해도 전혀 문제가 되지 않을 것이다.

강수는 전라남도 도청에서 주관하는 법원 경매에서 12억 5천만 원에 망산도를 입찰 받았다.

쾅!

낙찰된 물건에 대한 값을 치르고 등기부 이전을 허가하는 도장을 찍는 직원은 강수를 바라보며 연신 고개를 갸웃거렸다.

"정말 괜찮겠어요? 그곳에서 옛날에 죽은 왜군과 6.25 참전 군인들이 밤마다 울어댄다고 하던데……."

"그거야 생각하기 나름이죠. 좋게 생각하면 주변의 기운이 좋아서 그런 것 아니겠습니까?"

"기, 기운이 좋다고요? 귀신이 나온다는데?"

"다 영기가 충천해서 그런 겁니다. 저 같은 사람에겐 딱이죠."

"아, 네."

도저히 이해를 할 수 없다는 듯한 표정의 도청 직원, 그러나 강수에겐 행복 시작이었다.

*　　*　　*

강수는 중국으로 가지고 갔던 장비들을 선박에 싣고 망산도로 향했다.

망산도는 6만 평의 대지가 거의 대부분 산지로 이뤄져 있고, 연안은 갯벌과 갯바위로 형성되어 있었다.

사람이 살던 흔적은 딱 하나 남아 있었는데, 400년 전 한 선비가 낙향해서 글을 읽었다고 전해진다.

400년이나 지난 집이라서 그런지 을씨년스럽다 못해 정말 귀신이라도 나올 것 같았다.

강수는 이 집을 헐어버리고 그 위에 새롭게 내무실을 지어 오크와 고블린을 수용할 생각이다.

위이이이잉!

포클레인이 집을 때려 부수면 몬스터들은 그 잔해를 한군데로 모아 불을 질러 태웠다.

너무나 오래된 먼지가 쌓여 있어 아무리 오크라고 해도 호흡기 질환을 일으킬 수 있었다.

랄프는 지금 집터에 남은 주춧돌은 그대로 사용하고 400미터 앞에 있는 우물에서 물을 끌어와 수도를 트기로 했다.

이 작업에 동원되는 인력은 신입 고블린이다.

퍽퍽퍽퍽!

"배관을 묻으려면 더 깊게 파내려 가야지!"

"키헥, 키헥!"

이들은 얼마 전에 강수에 의해 소환된 고블린이다.

기존에 소환되었던 오크나 고블린과는 다르게 아직 지구

생활에 적응하지 못한 상태였다.

랄프의 지휘를 받으며 수도의 길을 만들던 고블린들이 갑자기 하던 일을 멈추었다.

그리곤 고개를 돌려 사나운 눈초리로 랄프를 노려보며 말했다.

"키헥! 저 빌어먹을 난쟁이 때문에 우리만 고생이다!"

"키헥! 죽이자!"

아마 지구에서 일주일 이상 생활하던 몬스터라면 상상도 못했을 일이다.

하지만 무식하면 용감하다고 했던가?

놈들은 자신들이 작업하던 도구를 들고 랄프에게 무작정 달려들었다.

"키헥!"

하지만 밑도 끝도 없이 랄프를 향해 달려드는 고블린들에게 그의 처절한 응징이 이어졌다.

퍼억!

"끼혹!"

"이런 빌어먹을 짐승들 같으니! 감히 감독관을 능멸하려 들어?!"

그는 자신에게 달려든 고블린들을 무자비하게 구타하기 시작했다.

퍽퍽퍽퍽!

"끼흑, 끼흑!"

"이놈들! 더 이상 나에게 반항할 생각이 들지 않도록 해주마!"

"키헥, 그, 그만! 아, 알겠다!"

"알긴 뭘 알아?! 죽기 직전까지 두들겨 패주마!"

사실 새로 소환된 고블린들은 강수가 만든 지휘 체계에 불만이 있는 상태였다.

자신들보다 머리가 나쁜 오크보다 한 단계 아래에서 일하는 것만 해도 서러워 죽겠는데 유사인종이 자신들을 거느리고 있으니 속이 뒤틀린 것이다.

강수야 절대자의 위치에 있기 때문에 반항할 생각을 하지 않았지만 랄프에 대해선 그 입장이 달랐다.

인간도 아니고 엘프도 아닌, 겨우 대장장이 따위가 자신들을 업신여긴다고 생각한 것이다.

고블린은 오크보다 발달된 도구 문화를 가지고 있는데, 어떤 이유에서인지는 몰라도 대장장이를 가장 천하게 여겼다.

때문에 전체 계급 중에서 거의 최하위에 위치한 이들이 바로 대장장이다.

그런 대장장이가 자신들을 하인처럼 부린다고 생각하니 허파가 뒤집어질 지경이었던 것이다.

랄프는 그런 눈치가 보일 때마다 고블린들을 흠씬 두들겨 패주고 있지만 언제까지 그것이 지속될지는 의문이었다.

거기다 새롭게 소환된 오크 녀석들까지 랄프를 업신여기고 있었다.

강수는 하루가 멀다 하고 무시당하는 랄프를 바라보며 뭔가 특단의 조치가 필요하다고 느꼈다.

'이놈들, 신병교육이 필요하겠어.'

그래서 강수는 신입 고블린들로선 도저히 상상조차 할 수 없는 훈련을 준비했다.

*   *   *

망산도 앞바다.

오크와 고블린이 일렬로 도열해 있다.

강수는 어디서 구해온 것인지 모를 검은색 팔각모와 검은색 칼라가 달린 티셔츠를 입고 그들 앞에 섰다.

그는 호루라기 하나를 목에 건 채 몬스터들에게 외쳤다.

"오늘부터 너희는 해상 훈련에 참가하게 되었다!"

"……?"

"당연히 내가 지금 무슨 소리를 하는 것인지 이해할 수 없겠지! 하지만 훈련은 이미 시작되었다!"

언제나 그랬듯 강수는 막무가내로 몬스터들을 압박했다.

"지금부터 너희는 내가 배정한 해상 훈련에 참가하여 일정 수준에 도달해야 한다! 그렇지 않으면 평생 끝나지 않을 해상 훈련을 받게 될 것이다! 알겠나?!"

"크룩, 크룩."

"키헥, 키헥."

역시 몬스터들은 강수가 하는 말을 제대로 알아듣지 못했다.

이럴 땐 그저 뛰고 구르는 것이 최고다.

"어이, 거기 중앙에 있는 오크!"

"크룩?"

"기준!"

"크룩, 기준?"

"내가 기준이라고 외치면 너는 왼손을 들어 기준이라고 외친다! 알겠나?!"

"크룩, 크룩."

"소리가 기어들어 가는군. 아직까지 정신을 못 차린 것이 분명해."

오크와 고블린들은 갑자기 작업은 안 시키고 이상한 훈련 같은 것을 한다고 하여 조금 얼떨떨한 상태였다.

무척이나 고단한 하루 일과 대신에 해변에 모여 도열이나

하고 있으니 이해할 수 없었다.

그런 이유에서인지 몬스터들은 상당히 기합이 빠져 있었다.

강수는 기준으로 잡은 오크를 호명하여 앞으로 불러냈다.

"어이, 거기! 앞으로 나와!"

"크룩."

"뻗쳐."

"크룩?"

"뻗치란 말이다!"

퍼억!

"끄웨에엑!"

"앞으로 훈련에 임해 목소리가 작거나 반항을 하거나 빈정 대면 이렇게 된다! 잘 봐라!"

강수는 엎드려 뻗친 오크의 엉덩이에 무시무시한 줄빠따를 선사했다.

빠악!

"끄웨에에에에에에엑!"

"아직 시작도 안 했다! 제대로 안 뻗치면 뼈도 못 추릴 줄 알아라!"

영문도 모른 채 줄빠따를 무려 50대나 얻어맞은 오크는 거의 다 죽어가는 얼굴로 강수를 바라보았다.

하지만 그는 도무지 줄빠따 의식을 끝낼 생각을 하지 않았다.

"뭘 보나?!"

퍽!

"끄에에엑!"

강수에게 자비를 바란다는 것은 해가 서쪽에서 뜨기는 것과 같다.

그는 무려 100대나 맞은 후에서야 자리에서 일어설 수 있었다.

*   *   *

다짜고짜 줄빠따를 친 것은 시작에 불과했다.

강수는 무려 12시간에 이르는 극악 난이도의 훈련 코스를 정해 체력의 한계를 시험했다.

"푸헉, 푸헉!"

"팔을 저어라! 팔을 젓지 않으면 이곳에 빠져 죽을 것이다!"

그는 몬스터들을 바다에 풍덩 담가놓고는 한 시간이고 두 시간이고 계속해서 나오지 못하게 했다.

원래 몬스터는 물과 불을 본능적으로 무서워하는 생물이다.

그런 그들에겐 물에 담가놓는 것만으로도 무척 고역일 텐데 거기에 수영까지 가르친다는 것은 어불성설이다.

하지만 강수는 그들이 죽기 직전까지 바다에서 꺼낼 생각이 없었다.

"키헥, 키헥! 나 죽는다!"

한 고블린이 수면 위로 고개를 쳐들자 강수는 가차 없이 녀석을 밖으로 끌어냈다.

"이런 근성 없는 놈! 내가 뭐라고 했나?! 빈정거리면 어떻게 된다고?!"

"키헥, 그, 그건……."

"뻗쳐라."

"…키헥! 제, 제발!"

"뻗쳐라!"

"키흑, 키흑!"

강수는 오크와 고블린들이 보는 앞에서 녀석을 무지막지하게 두들겨 패기 시작했다.

퍽퍽퍽퍽!

"키흑, 키흐으윽!"

"그런 근성으로 무슨 생존을 이어나가겠다는 것이냐?! 차라리 이 자리에서 맞아 죽어라!"

"끼흐으으윽!"

무려 30대나 맞고 나서야 자리에서 일어선 고블린은 강수의 명령에 따라 재빨리 바다로 뛰어들었다.

"입수!"

"키헥!"

첨벙!

고블린이 스스로 물에 뛰어들다니, 이것은 그 어떤 누구도 상상할 수 없는 일이었다.

한마디로 강수는 고블린의 본능과 습성까지 통제하여 군기가 바짝 들게 키워내고 있었다.

무려 세 시간의 바다 수영이 끝나고 난 후 곧장 모래사장에서 오리발 달리기를 비롯한 최악의 체력 훈련이 이어졌다.

강수는 각각 오리발을 하나씩 지급하고 그것을 마치 분신처럼 여기도록 교육했다.

"이것은 잠을 잘 때나 밥을 먹을 때나 항상 착용하고 다니도록 한다! 알겠나?!"

"크룩!"

"키헥!"

강수는 직선거리 약 500미터의 공간 끝에 빨간색 깃발을 가져다 놓고 단상 위에 올라가 호루라기를 잡았다.

"지금부터 선착순 달리기를 시작한다! 마지막 낙오자 열

명이 남을 때까지 선착순은 계속된다! 알겠나?!"

"크룩!"

"키헥!"

"목소리가 작군! 모두 뒤로 취침!"

강수는 목소리가 작다는 이유로 몬스터들을 뒤로 취침시
킨 후 하체를 약 15도 위로 향하게 만들었다.

"지금부터 물장구 백 회 실시한다! 몇 회?!"

"크룩, 백 개!"

"시작!"

삑 삑 삑!

"크룩!"

삐 삐 삐 삐 삑!

"키헥!"

어지간한 인간 남자는 50개 안에 두 손 두 발 다 든다고 알
려진 물장구는 극한을 시험하는 데 가장 좋은 수단이다.

강수는 물장구를 칠 때마다 일부러 꼬투리를 잡아 무려
500개에 육박하는 물장구를 시켰다.

"키헥, 키헥!"

"힘드나?!"

"키헥, 아닙니다!"

"좋아, 그럼 곧바로 훈련을 시작해도 되겠군!"

"…크룩!"

"지금부터 선착순 달리기를 시작한다! 깃발을 가장 먼저 뽑아오는 놈이 1등, 3등까지 본 훈련에서 열외다! 알겠나?!"

"키헥!"

수영 훈련만으로도 충분히 지칠 대로 지친 상황에서 얼마나 계속될지 모르는 선착순 달리기를 한다는 것은 상상 이상으로 끔찍한 일이다.

때문에 몬스터들은 거의 이성을 잃은 채 달리기를 시작했다.

"시작!"

삐익!

"키헥, 키헥!"

"크룩!"

여기저기에서 몸싸움이 난무하고 지쳐 쓰러져 기절해 버리는 녀석도 속출했다.

퍽퍽퍽!

"크룩! 깃발은 내 것이다!"

"키헥! 개소리!"

그야말로 아수라장이나 다름없는 광경이지만 강수는 오히려 슬그머니 미소를 지었다.

"후후, 그래, 그렇게 계속 싸우란 말이다."

이대로 일주일만 지나도 오크들과 고블린은 군기가 바짝 들어서 자신들의 처지를 뼈저리게 깨닫게 될 것이다.

*　　　*　　　*

김예성은 강산건설 청주지사가 위치해 있던 부지에 도착했다.

그곳은 이미 초대형 물산회사가 충청지사를 설립해 정상 가동되고 있었다.

바쁘게 돌아가는 물산회사로 들어선 김예성은 경비원들에게 다가갔다.

"무슨 일이시우?"

"사람을 좀 찾으러 왔습니다."

"사람?"

"혹시 이런 사람을 아십니까?"

그가 건넨 사진에는 강수의 얼굴이 찍혀 있었다.

"으음? 이 사람이 누군데?"

"제가 빚을 받을 것이 있는 사람이지요. 이런 사람을 본 적이 있으신지요?"

두 경비원은 고개를 가로저었다.

"이런 사람은 본 적이 없는 것 같은데?"

"다시 한 번 봐주십시오. 10년 전부터 이곳에 계셨다고 들었습니다. 그렇다면 거의 모르는 것이 없으실 게 아닙니까?"

"그건 맞는 말이지만……."

김예성은 양희진의 뒤통수를 친 사람들에 대해서 수소문하다가 김명두와 강수가 머리를 맞췄다는 사실을 알아냈다.

지금은 그의 행방을 알 길이 없지만 강수가 양희진의 뒤통수를 치기 위해 이곳을 이용했다.

그래서 그의 얼굴이 담긴 사진을 가지고 돌아다니고 있었는데 어쩐 일인지 그의 꼬리는 잡힐 생각을 하지 않았다.

'직접 움직인 것이 아닌가?'

이번에 그는 김명두의 사진을 보여주며 물었다.

"그렇다면 이렇게 생긴 사람은 보셨습니까?"

"오호, 이 청년은 한 번쯤 본 것 같긴 하군."

"그게 언제쯤입니까?"

"글쎄, 그건 나도 잘 기억이……."

김예성은 그에게 5만 원짜리 지폐 넉 장을 꺼내어 내밀었다.

"기억이 잘 안 나시는지요?"

"크, 크흠! 한 두어 달 되었나? 그쯤 되었을 무렵에 이곳을 다녀갔던 것으로 기억해."

"이곳은 수많은 사람이 드나드는데 그걸 어떻게 기억하시죠?"

"그때는 이곳에 사람이 거의 없었거든. 자네, 잘 모르나? 이곳은 원래 이름만 있고 사람은 없는 유령회사였잖나."

"그렇군요."

강산은 이곳을 만들어놓고 양만철의 비자금을 조달해 왔다.

당연히 얼마간 사람이 드나든 일이 없었고, 경비원들은 오히려 그때 찾아왔던 사람들의 얼굴을 더욱 또렷하게 기억하고 있었던 것이다.

김예성은 그에게 5만 원짜리 지폐를 한 장 더 건네며 말했다.

"어르신, 그렇다면 부탁 하나만 드려도 되겠습니까?"

"말해보게."

"혹시 이런 사람이 다시 찾아오거든 저에게 연락을 주십시오. 하실 수 있겠지요?"

"그래, 그 정도는 해줄 수 있지."

"감사합니다."

"후후, 별말씀을."

그는 이내 돌아서 다시 강수와 김명두의 뒤를 쫓기 시작했다.

*   *   *

강수는 몬스터들을 바다에 던져놓고 훈련시키면서 그들의 정신을 개조했다.

그런데 그것은 단지 그들을 괴롭혀 정신을 놓게 만드는 일만은 아니었다.

앞으로 그는 이 바다에서 나는 해상 생물을 채취하여 중국을 경유하여 판매할 생각이다.

한국의 갯벌은 세계적으로 유명하지만 지금 당장 그의 한국법인을 통해 물건을 판매했다간 금방 꼬리가 잡히고 말 것이다.

때문에 중국에 마련해 둔 법인을 통해 판매망을 개척할 생각이다.

예전 같았다면 일본을 통해 판매했겠지만, 요즘 일본의 수산물 값은 거의 바닥을 치고 있었다.

그래서 강수는 중국의 법인을 이용해서 수출을 계획하고 있었다.

이 모든 것을 가능케 하자면 오크와 고블린이 최소한 15분가량 숨을 참고 물질을 할 수 있어야 했다.

또한 바다에서 하루 종일 조업을 해도 지치지 않는 체력과 담력을 길러야 했다.

그래야 충분한 양의 해산물을 채취하여 판매까지 할 수 있기 때문이다.

그는 잠수용 물안경에 바닷물을 채운 상태에서 식사를 하는 등의 훈련을 시켰다.

꼬르르르르륵.

"코로 숨을 쉬면 안 된다! 알겠나?!"

"크룩!"

"키헥!"

고블린과 오크의 경우엔 냄새에 상당히 민감하기 때문에 코로 숨을 쉬지 못하면 상당히 괴로워한다.

그 때문에 잠수를 하면 코로 물을 마셔 도저히 숨을 참을 수가 없었다.

강수는 그 습관을 고치기 위해서 그들의 물안경에 바닷물을 채워 훈련을 계속했다.

지금 그가 행하고 있는 훈련은 실제 한국군 SSU에서 병사들과 장교 등에게 똑같이 실시되고 있는 것이다.

사람들은 SSU의 훈련을 지옥의 담금질이라고 했는데, 강수는 거기에 약 세 배에 달하는 훈련량을 몬스터들에게 부과했다.

아마도 일반인이 그의 훈련을 받았다면 벌써 저세상 사람이 되었을 것이다.

수경에 물을 담아 식사를 마친 몬스터들은 이제 다섯 시간을 한 주기로 하는 잠수훈련에 투입된다.

몬스터들이 일반인에 비해 유리한 점이라면 약 세 배에 달하는 심폐지구력과 폐활량을 가졌다는 것이다.

한번 물에 들어가면 15분은 기본으로 버티는 오크들의 경우엔 해녀들에 비해 월등히 높은 조과를 낼 수 있었다.

고블린 또한 폐가 상당히 발달해 있기 때문에 오히려 오크보다 더 나은 조건을 가졌다.

꼬르르르르륵!

스노클링 전용 안경을 쓴 채 바다 깊숙한 곳까지 내려간 오크와 고블린들은 이제 공포와 맞서는 법을 배웠다.

강수는 그들이 들어간 후에도 계속해서 압박하듯 소리쳤다.

"15분이다! 그 안에 올라오는 놈은 가차 없이 줄빠따다!"

일반인은 물속에서 1분을 참는 것도 쉽지가 않다. 더군다나 극심한 훈련까지 소화한 후 잠수를 시도하면 20초도 안 돼서 백이면 백 모두 다 고개를 쳐들었다.

몬스터들은 그보다 훨씬 더 나은 폐활량을 가지고 있었지만, 문제는 물에 대한 공포가 인간보다 훨씬 더 크다는 것이다.

"푸크욱!"

"키헥, 키헥."

"이 새끼들, 지금 장난하나?! 1분도 안 돼서 고개를 쳐들어?!"

"크, 쿠룩, 이러다 우리 다 죽는다!"

"안 죽는다! 죽으면 내가 부활시켜 주지! 하지만 그전에 고개를 드는 놈들은 진짜 지옥이 뭔지 뼈가 저리도록 느끼게 해 주겠다!"

몬스터들은 강수에게 두들겨 맞지 않기 위해서 다시 물속으로 들어갔고, 강수는 계속해서 시간을 측정했다.

강수의 습성 개조 훈련은 이렇게 무지막지하게 실행되었는데 그 효과는 놀라울 정도였다.

이제 그들은 강수는 물론이고 자신들보다 상위에 있는 랄프의 명령까지 군말 없이 듣게 되었다.

약 15분 후, 드디어 몬스터들이 초주검이 된 얼굴로 고개를 들었다.

"푸헉!"

"좋아, 합격이다."

"크룩, 크룩!"

"하지만 물에서 완전히 나오는 것은 안 된다. 그곳에서 오늘 식사를 하고 잠자기 직전까지 훈련할 것이다. 알겠나?"

"키헥……."

"알겠나?!"

"크룩!"

이젠 군이 강수가 말하지 않아도 자신들의 잘못을 시정하는 것을 보면 정말 제대로 된 일꾼이 되어가는 모양이다.

*　　*　　*

일주일 후, 이제 어느 정도 잠수와 수영에 익숙해진 오크들과 코볼트들은 자유롭게 바다를 오갈 수 있게 되었다.

이 정도 훈련을 했으면 이제 어떻게 심해로 내려가 수중 생물을 채취하는 것인지를 가르칠 차례다.

강수는 목포 청년회에서 배워온 전복, 소라 등의 채취 방법을 오크와 코볼트에게 전수해 주었다.

그는 바다 깊숙한 곳으로 내려가 갈고리로 전복을 바위에서 떼어내 채취하는 과정을 몬스터들에게 알려주었다.

"어때? 그리 어렵지는 않지?"

"크룩, 크룩."

"키헥."

이 정도 난이도라면 몬스터들이 충분히 조업할 수 있을 테니 앞으론 이것을 반복 숙달시키는 것만 남았다.

광산과 벌목장에 투입된 오크와 코볼트을 제외하고 나면 약 50마리가량의 여유가 있다.

강수는 남은 인원을 바다로 투입시켜 조과를 올릴 계획이다.

이제 그는 몬스터들에게 갯벌에서 나는 조개와 낙지 등을 잡는 방법을 설명했다.

"조개를 캐는 일엔 왕도가 없다. 그냥 필이 꽂히는 곳에 호미를 들이대는 수밖에."

서걱, 서걱.

물이 쭉 빠진 갯벌에 앉은 강수가 호미를 들고 벌을 긁어내리자 그 안에 숨어 있던 조개들이 모습을 드러냈다.

그 안에는 바지락, 피조개, 새조개, 개조개 등 아주 다양한 종의 조개가 자생하고 있었다.

"어때? 이렇게 긁으면 나오는 거다."

"크, 크룩!"

"키헥?!"

태어나 처음으로 갯벌 조업을 체험해 본 몬스터들은 그 광경이 너무나 신기해서 눈을 떼지 못했다.

강수는 그 모습이 꼭 아무것도 모르는 어린아이들을 바라보는 것 같았다.

"짜식들, 이제부터 이곳은 너희의 밭이다. 소중히 여기면서 조업하라고."

"크룩!"

"키헥!"

강수는 오늘은 훈련 대신 갯벌에서 조개를 채취하며 하루를 보냈다.

제2장
무한한 바다, 그 신비함

목포 인근 황해에 10톤 크기의 어선 다섯 척이 모습을 드러냈다.

솨아아아!

해무가 짙게 낀 바다에는 불빛 하나 없이 칠흑같이 어두웠다.

강수는 그런 바다에 몬스터들로 선원을 구성하고 어선을 띄워 조업할 생각이다.

길이 1㎞의 그물을 일자로 길게 쳐서 밀물과 썰물을 따라서 바다를 오가는 생선들을 잡는다면 충분히 승산이 있었다.

그는 총 5㎞에 달하는 그물을 바다에 투척한 후 그 위에 부표를 띄워 표시를 해두었다.

어차피 이 근방에서 조업하는 사람은 강수 한 사람밖에 없겠지만, 그래도 그물을 잃어버리면 안 되기에 부표는 필수였다.

약 한 시간에 달하는 작업을 모두 마치고 난 후엔 곧바로 오크와 고블린들을 바다로 떠밀었다.

"내려가서 물질을 시작해라."

"크룩, 크룩!"

먼 바다에서 그물을 던지고 난 후에 갯바위 지대로 뱃머리를 돌리면 거의 물때가 딱 맞아 전복이나 소라 같은 패류가 꽤 많이 잡힌다.

첨벙!

스노클링용 물안경과 오리발로 무장한 몬스터들은 거침없이 바다로 입수했다.

그리곤 흐릿한 시계를 헤치고 아래로 내려가 전복과 소라 등을 따서 밖으로 가지고 나왔다.

"푸헉!"

"으음, 꽤나 수확이 좋군."

자연산 전복은 육질이 쫄깃하고 향이 진한 것이 특징이다.

지금 이들이 캔 전복으로 따지자면 5년생 이상으로 값이 꽤 나갈 것으로 보였다.

이제 강수는 이것들을 한데 모아서 시장에 내다 팔 생각이
다.

수차례 물질이 끝나고 이제 그물을 거둬 올려 오늘의 조과
를 확인할 차례다.

끼릭, 끼릭.

1㎞가량 되는 그물을 도르래로 끌어 올리면 한쪽에서 그물
을 잡고 고기를 빼냈다.

그리고 그 뒤에선 잡어와 조업 어종을 선별하여 따로 어항
에 담았다.

이렇게 세분화된 작업이 이뤄져야만 빠르고 군더더기 없
는 조업이 가능하다.

강수는 오늘의 조업으로 수확한 꽃게를 게장 재료로 판매
할 생각이다.

바다에서 잡힌 게를 일일이 골라내는 작업이 이어지고 있
지만, 어쩐지 꽃게는 잘 보이지가 않았다.

"어획량이 상당히 적군."

벌써 1㎞의 그물을 다섯 개나 거둬 올렸지만 잡힌 꽃게의
숫자는 그리 많지 않았다.

그는 요즘 들어 이상기온이 계속되면서 꽃게 수확이 확 줄

어들었다는 소리를 심심치 않게 들어왔다.

예년에 비해 30~40%가량 물량이 줄어들었다는 수치 보고서가 있었지만, 이 정도로 어획량이 격감한 경우는 별로 없다고 했다.

"흠……."

강수는 해가 중천에 뜰 때 즈음에 다시 그물을 펴고 오크들에게 물질을 시킬 요량이다.

한데 바로 그때, 저 멀리서 어선 열다섯 척이 무리를 이뤄 한창 조업을 하고 있었다.

그런데 그 크기가 20톤은 너끈히 나가 보였다.

"이 근방에 트롤 어선이 있었던가?"

"크룩."

강수는 이 근방에 저렇게 큰 트롤 어선이 돌아다닌다는 소리를 들어본 적이 없었다.

이렇게 육지와 가까운 연해에 대형 어선이 돌아다녀 봐야 그들이 원하는 크기의 물고기를 잡을 수는 없다.

때문에 그들은 새우나 기타 갑각류, 혹은 고등어 같은 중형 이상의 어종을 잡으러 돌아다닌다.

더군다나 저렇게 큰 트롤 어선들이 떼를 지어 다니는 것은 상당히 드문 일이었다.

가만히 트롤 어선을 바라보던 강수는 어선에서 조금 이상한 점을 발견할 수 있었다.

보통 트롤 어선의 경우엔 선미가 짧고 현측에서 그물을 거두어 올리는 것이 일반적이다.

하지만 이들은 선체가 일반적인 트롤 어선에 비해 3~4미터가량 길게 설계되어 있었다.

이렇게 되면 원래 어선의 측면, 그러니까 현측에서 작업하는 일반 채낚기 조업과는 다른 방식으로 조업한다고 볼 수밖에 없다.

이것은 한국에서 조업하는 트롤 어선들이라면 반드시 지켜야 할 수칙인데, 선미를 확장시켜 채낚기 행위를 할 시엔 오징어와 같은 어종을 싹쓸이하여 바다를 황폐화시킬 수 있기 때문이다.

한마디로 저들은 불법으로 배를 개조하여 바다를 황폐화시키고 있었다.

저들은 배 두 척을 붙여 양쪽에서 바닥을 긁는, 이른바 쌍끌이 조업 중이었다.

쌍끌이 조업을 저런 대형 트롤 선박들이 무차별적으로 감행하다 보면 바다가 황폐화되는 것은 시간문제다.

바닥에 저인망 그물을 설치하고 양쪽에서 대형 선박들이 일렬로 지나다니면서 바다를 훑으면 바다에 있는 생물이란 생물은 죄다 끌려가게 된다.

이 때문에 치어는 물론이고 금어로 지정된 산란기 어종들까지 죄다 잡혀 남아나는 것이 없게 된다.

강수는 저들이 행하는 조업을 불법으로 고발하고 싶었지만 그럴 상황이 못 되었다.

"젠장."

엄연히 따지면 지금 강수가 하고 있는 조업도 합법은 아니기 때문이다.

원래 조업은 면허를 가진 선장이 자신의 소유로 된 배를 가지고 하게 되어 있다.

하지만 지금 강수는 스스로가 면허를 하나밖에 보유하고 있지 않기 때문에 해경에 적발되면 오크들을 감옥으로 보낼 수밖에 없다.

사람도 아닌 오크들이 신문 1면에 나는 것은 있을 수 없는 일이었다.

그는 가만히 불법 어선들을 바라보다 이내 좋은 방법을 떠올린다.

"다 뒈졌어."

강수는 다시 기수를 돌려 섬으로 돌아갔다.

* * *

이른 아침, 중국에서 출발한 선장 열다섯 명은 각 선박에 쌍끌이 채비를 하고 서해에 그물을 던졌다.

그리곤 바닥을 긁어서 종류에 상관없이 무차별적으로 물고기를 낚아 올렸다.

촤라라락!

"선장님! 노다지입니다!"

"큭큭큭, 내가 뭐라고 했나? 어차피 이곳에선 별다른 단속을 하지 않는다니까!"

이들은 서해의 NLL을 넘어서 버젓이 월권 조업을 하고 있었다.

그럼에도 불구하고 한국 해경은 이들이 지금 여기서 조업을 하고 있는지도 모른다.

워낙에 인적이 드물고 눈에 띄지 않는 곳이기 때문에 단속 자체가 거의 이뤄지지 않았다.

이들은 그것을 악용하여 한국에서는 불법으로 지정된 저인망 쌍끌이를 아주 마음껏 펼쳤다.

총 20톤 크기의 어선 열다섯 척이 쌍끌이로 물고기를 쓸어 담으면 중국 영해에서 조업하는 것보다 약 열 배에서 열다섯 배의 조과를 올릴 수 있게 된다.

한마디로 이들은 한 번 목숨을 걸고 조업을 나오면 순식간에 열다섯 배에 달하는 소득을 올릴 수 있다는 것이다.

그런데 그런 과정에서 한국 해경의 감시망에서 벗어나 있으니 이것이야말로 진정한 노다지였다.

이들은 무려 한 달 내내 이곳에 머물면서 쌍끌이를 자행하고 있었는데, 하루에 건져 올린 양은 한 척의 배로 연안까지 실어가서 그때그때 처분하고 있었다.

그러니 한 달 동안이나 연해로 가지 않고 이곳에서 생활해도 큰 문제가 없었던 것이다.

"오늘따라 조과가 좋군! 꽃게는 얼마나 잡혔나?"

"대박입니다! 오늘은 무려 1톤이나 잡혔어요!"

"큭큭! 그래, 이 정도만 유지되어도 우리는 금방 부자가 될 수 있어!"

남의 땅에서 얻은 돈으로 호의호식할 생각에 신이 난 선장들은 직접 어탐기에서 내려와 그물 거두기에 나섰다.

오늘까지 작업하고 나면 이들은 바다에서 얻은 돈으로 일년 내내 놀고먹을 수 있을 것이다.

그러니 힘들다고 생각할 겨를이 있을 리 만무했다.

끼릭, 끼릭.

한창 쌍끌이에 빠져 그물을 걷어 올리고 있던 바로 그때였다.

쏴아아아아!

"으음?"

그들은 짙게 해무가 낀 먼 해역에서부터 아주 조용히 다섯 척의 배가 다가오는 것을 알 수 있었다.

혹시나 해경인가 싶은 그들은 미리 준비해 둔 권총과 엽총을 꺼냈다.

철컥!

"알지? 혹시 저들이 허튼짓을 하면……."

"쏴버리는 겁니다!"

어차피 단속에 걸리면 지금까지 얻은 것을 죄다 잃을 수도 있었다.

그렇기 때문에 이들은 경찰을 따돌리고 자국의 영토로 돌아갈 수 있도록 결사항전을 펼치려는 것이다.

한 치 앞을 볼 수 없는 해무, 그 사이로 드디어 다섯 척의 배가 모습을 드러냈다.

그런데 그들의 배는 앞면을 철갑으로 두르고 있었고 그 철갑 위에는 뾰족한 쐐기 같은 것이 달려 있었다.

"뭐야, 저게?"

"그러게 말입니다."

선박에는 저마다 필요한 장비와 설비들이 있기 때문에 각각 그 형태가 달랐다.

전투를 위한 선박은 갑판 전체가 함포와 기관총으로 중무장되어 있고, 물고기를 잡기 위한 어선은 어탐기과 그물 도르래로 이뤄진다.

만약 사람을 싣기 위한 선박이라면 객실이, 장사를 위한 상선이라면 짐을 싣기에 최적화된 설계로 된다.

그러나 이 선박은 도무지 그 용도를 알 수가 없었다.

중국 불법 어선에 탄 선원들은 이들을 그냥 스쳐 지나가는 일반 배라고 생각했다.

인근 연안에서 낚시로 물고기를 잡는 사람들이 갯바위에 부딪치는 것을 염려해 일부러 낚싯배에 철갑을 둘렀을 것이라고 생각한 것이다.

하지만 그런 생각은 여지없이 빗나가고 말았다.

천천히 다가오던 선박이 갑자기 엄청난 속도로 어선을 향해 쇄도해 온 것이다.

"어, 어어어어?!"

"이런 미친 새끼들!"

콰앙!

철갑선에 달려 있던 뾰족한 쐐기는 아무래도 배를 침몰시키기 위한 충각이었던 모양이다.

강철 충각에 부딪친 어선은 그대로 생명력을 잃어버렸고, 선실에서부터 물이 차오르기 시작했다.

그리고 그곳으로 오늘 잡은 물고기가 죄다 도망가기 시작했다.

"막아! 그렇지 않으면 우리는 쪽박을 차게 된다!"

"하, 하지만……!"

선원들을 지하 선실로 부랴부랴 내려 보낸 선장은 이보다 더한 절망과 마주했다.

"돌격!"

"크루루루루룩!"

"키혜에에엑!"

복면을 쓴 건장한 사내들과 그보다 3분의 1가량 작은 성별 불문의 무리가 몽둥이를 들고 어선 안으로 뛰어들어 온 것이다.

그리곤 눈에 보이는 것을 모두 때려 부수기 시작했다.

쾅쾅쾅!

"이런 제기랄! 족쳐 버려!"

"와아아아아!"

해무가 잔뜩 낀 바다 한가운데서 일어난 백병전은 어부들의 일방적인 패배로 전황이 기울기 시작했다.

퍽퍽퍽퍽!

"크헉!"

빠악!

"으악! 으아아악! 내 다리!"

"괴, 괴물?!"

"크룩, 크룩!"

사내들의 손속은 잔악하기 그지없었으며, 성별 불명의 무리는 그들보다 훨씬 더 악랄했다.

서걱!

"아아악! 아아아악!"

"아, 아킬레스건을……?!"

"키헥, 키헥! 다리를 잘라라!"

"키헥!"

키가 작다고 근력이 약한 것도 아니고 오히려 덩치가 큰 사내들보다 빠르기 때문에 도저히 반항은 꿈도 못 꿨다.

더군다나 이렇게 행동이 빠른데 칼까지 잘 쓰니 도저히 어쩔 도리가 없었다.

순식간에 배 다섯 척에 있던 모든 선원이 피범벅이 되어 나뒹굴기 시작했다.

그러자 남은 열 척의 배가 부리나케 기수를 돌렸다.

"어서 도망가자!"

"예!"

함께 사선을 넘어온 동료 따윈 안중에도 없는지 그들은 미친 듯이 도망가기 시작했다.

하지만 바로 그때, 전방에서 배 한 척이 다가왔다.

쐐에에에에엥!

엄청난 속도로 쇄도해 들어온 선박은 그대로 한 청년을 어선들의 기함인 자위쿠안 호로 날려 보냈다.

피융!

"서, 선장님!"

"저건 또 뭐야?!"

하늘을 날아 정확하게 자위쿠안 호로 안착한 청년은 마치 체인처럼 구불거리는 검을 들고 그들의 앞에 섰다.

휘릭!

그는 칼을 마치 채찍처럼 휘둘러 조타실을 공격했고, 그 안에 있던 조타수는 단박에 팔의 근섬유를 잃고 말았다.

촤락!

"크학, 크아아아아악!"

분수처럼 뿜어져 나오는 피를 멈추기 위해 조타기를 놓은 그는 이내 미친 듯이 소리치며 몸을 꿈틀거렸다.

"내 팔, 내 팔! 으아아아악!"

그의 절규는 선원 전체를 공포로 몰아넣었고, 선장은 이내 손을 번쩍 들었다.

"자, 잠깐만요! 왜, 왜 이러시는지……."

"몰라서 묻나? 너희들, 모두 중국인이지?"

"그, 그렇긴 합니다만……."

"그런데 남의 나라에서 고기를 잡아? 그것도 쌍끌이로 아주 씨를 말리고 있더군."

"그, 그게……."

"좋은 말로 할 때 배를 내놓고 떠난다면 목숨만은 살려주겠다. 아참, 그리고 지금까지 잡은 물고기값도 죄다 토해내라."

순간 선장은 기지를 발휘해 자신의 주머니에 숨겨두었던 권총을 꺼내 들었다.

철컥!

"큭큭! 내가 미쳤냐?! 너 같은 애송이에게 쫄아서 돈을 가져다 바치게?!"

"쯧쯧, 말로 해선 안 될 놈이군."

"어차피 인생이 꼬여 이판사판인 놈이다! 네놈을 죽이고 중국으로 돌아가겠다!"

타앙!

선장은 거침없이 권총의 방아쇠를 당겼고, 그 총알은 정확히 청년의 이마로 향했다.

하지만 어떻게 된 일인지 청년은 멀쩡히 서서 그를 가만히 바라보고 있었다.

"큭큭, 머저리 같은 놈!"

이제 그는 골칫거리를 해결했다고 생각했고, 이내 안심하고 자신이 직접 조타기를 잡았다.

그러나 그것은 작은 착각이었다.

청년은 자신의 이마로 날아온 총알을 그대로 받아버렸고, 그 총알은 이마에 닿기도 전에 찌그러져 형체를 알아볼 수 없게 되었다.

끼기기기기긱!

"허, 허억!"

"이래서 인간은 기회가 왔을 때 잘해야 한다고 하는 거다. 너희는 오늘 몸 성히 집에 갈 수 없을 거야."

바로 그때였다.

쿠구구구구구구구구구!

"어, 어어……?!"

배가 미친 듯이 흔들려 중심을 잡을 수가 없었고, 끝내 선원들은 그 자리에 털썩 주저앉고 말았다.

그리고 잠시 후, 그들의 배 아래로 거대한 그림자가 드리워졌다.

"고, 고래?!"

"후후, 고래 같은 소리 하고 자빠졌네."

심해 아래에서 가만히 유영하고 있던 의문의 생명체는 총소리가 들리자마자 수면 위로 그 모습을 드러냈다.

촤라라라라락!

"어, 어어어어?!"

크아아아아앙!

그들은 눈을 뜨고도 도저히 믿을 수 없다는 듯이 의문의 생명체를 바라보았다.

"요, 용?!"

"이, 이런 말도 안 되는 일이?!"

녹색 비늘에 반짝거리는 날개, 그저 상상 속에서나 나올 법한 용의 모습 그대로였다.

용은 그대로 배를 머리로 들이받았고, 배는 순식간에 두 동강이 나버렸다.

콰앙!

"사, 사람 살려!"

"어푸, 어푸!"

이른 아침의 바다는 인간의 몸으로는 30분 이상 버티기 힘들 정도로 차갑다.

아마도 그들은 이곳에서 경찰을 부르지 않는 한 그대로 죽음을 맞이하고 말 것이다.

하지만 지금 그들에게 가진 것은 아무것도 없었고, 심지어 그 흔한 전화도 찾을 수가 없었다.

무고한 시민들에게 총까지 쏘아댄 그들은 이제 바다에서 그 생명을 다하게 되었다.

서해 인근에서 발생한 총성을 들었다는 신고를 받고 출동한 해군 고속정 두 척은 최근 한 달 동안 불법 조업을 시행한 중국인 선원 150명을 일망타진할 수 있었다.

그들은 모두 산산조각이 난 배의 파편을 잡고 간신히 목숨을 건질 수 있었는데, 하마터면 150명의 선원이 떼죽음을 당할 뻔했다.

해군의 신고를 받고 도착한 해경은 이곳에 전문가를 파견하고 해당 사건의 관련자들을 모두 잡아들여 조사하기로 했다.

차가운 물에서 죽을 뻔하긴 했지만 불법 어선을 타고 넘어온 중국인 150명은 전부 목숨을 부지하고 있었다.

사건을 담당하게 된 임성식 경감은 선원들에게 이번 사건에 대한 경위에 대해 물었다.

그러자 그들은 모두 하나같이 '용'이라는 말도 안 되는 소리를 지껄여 댔다.

임성식은 해당 인물들에게 마약 투약에 대한 조사를 실시했고, 대부분의 선원에게서 양성반응이 보였다.

선장의 말에 따르면 무려 반년 동안이나 바다에서 생활하는 선원들에게 심신의 안정을 꾀하기 위한 양귀비 추출액을 먹였다는 것이다.

그 성분에 의한 금단증상으로 아마도 헛것을 본 것이 아닐까 경찰은 추측했다.

취초실에 들어선 임성식은 벌써 143번째 범인을 취조하고 있다.

"불법 트롤 어선으로 쌍끌이를 했다고?"

"네, 그렇습니다."

"그럼 어쩌다 이곳까지 오게 된 건가?"

"돈을 벌려고 나왔다가 갑자기 웬 용가리를 만나서는……."

"……."

어쩌면 이들은 심신 미약 상태로 한국 법정을 빠져나가 중국에서 재판을 받으려는 것인지도 몰랐다.

그렇지 않고선 이렇게 말도 안 되는 진술을 단체로 할 수는 없었다.

"어이, 이봐."

"예, 형사님."

"자꾸 이런 식으로 미친 소리만 해댄다고 일이 해결될 것 같아? 당신 지금 뭔가 단단히 착각하고 있는 거야. 아무리 한국이 심신 미약 상태에게 관대하다곤 하지만 마약을 빨아 마신 범법자들에게까지 자비를 베풀 정도로 병신은 아니라고.

알아들어?"

"아니, 제가 무엇하러 형사님께 거짓말을 하겠습니까? 안 그래요? 지금 우리는 더 갈 곳도 없다는 말입니다. 그런데 왜 거짓말을 합니까? 차라리 죄를 시인하고 벌금이나 깔끔하게 내면 그만이지."

"흠……."

실제로 이들은 공통적으로 자신들의 죄를 전부 시인하고 있었다.

만약 용이 튀어나왔다는 핑계로 불법 조업에 대한 사실을 부인했다면 이들은 분명 진짜 비열한 범법자임이 분명했다.

하지만 아이러니하게도 범죄를 저질러 놓고 오히려 떳떳하게 자신의 죄를 시인하고 있었다.

임성식은 연신 고개를 갸웃거렸다.

'이 새끼들이 사람을 기만하려고 일부러?'

도대체 어떤 누가 자신의 죄를 스스로 시인하고 감옥에 들어가겠다고 하겠는가?

그렇게 경찰은 불법을 저지른 선원들에게서 한 가지 아이러니한 점을 발견하곤 수사에 난항을 겪고 있었다.

하지만 이들의 운명은 금세 결정되었다.

한창 취조가 이뤄지고 있던 취조실로 한 순경이 들어와 임성식에게 경례를 올렸다.

"충성, 수고가 많으십니다."

"무슨 일인가?"

"지금 상부에서 지시가 내려왔답니다. 이들을 한국 법원에서 재판하고 알아서 처분하라는 결정입니다."

"오호라!"

아마 중국 정부는 요즘 걸핏하면 NLL을 넘어가는 어선들 때문에 골치를 앓고 있었을 것이다.

때문에 이번에는 외교 관계 개선의 일환으로 범법자들을 한국에 넘겨주기로 한 모양이다.

이제 임성식은 한층 더 거칠게 범죄자들을 대해야겠다고 생각했다.

뚜둑!

"너희들, 아주 임자 제대로 만났다. 내가 왜 목포서 개새끼로 통하는지 아주 뼈가 저리게 느끼도록 해주지."

그는 이제 본격적인 취조에 들어갔다.

*　　　*　　　*

이른 아침, 강수는 서해 먼 바다에서 새우잡이를 하는 중이다.

이곳의 조과는 아주 만족스러웠으며, 연안에서 고기를 잡는 오크들 또한 짭짤한 성과를 올리고 있었다.

새우는 음력 3월부터 잡기 시작해서 5월에는 그 품질이 최상으로 올라가게 된다.

젓갈 중에서도 음력 5월에 잡히는 젓갈을 오젓, 6월에 잡히는 젓갈을 육젓이라고 부른다.

대부분의 명품 김치에는 바로 이 오, 육젓이 들어간다.

특히 6월의 새우는 산란기를 앞두고 몸에 영양분을 대량으로 저장하기 때문에 그 품질이 극상으로 올라간다.

이때 새우를 잡아 젓갈을 담그게 되면 그 감칠맛이 가히 일품이다.

강수는 오크들을 동원하여 새우잡이 그물로 바다를 휘젓고 다니며 새우를 잡아들였다.

파닥, 파닥!

"오호라, 양이 꽤나 많군."

쌍끌이 트롤선을 죄다 처치하고 나니 인근 해역에 있던 어장들이 이제야 활기를 띠는 것 같았다.

꽃게를 잡든 물고기를 잡든 꽤나 괜찮은 양이 꾸준히 잡히는 것이다.

강수는 그물로 끌어 올린 새우를 드럼통에 넣고 커다란 채반으로 그것을 듬뿍 퍼냈다.

그리고 그것을 앞뒤로 잘 흔들어 새우의 품종을 분류했다.

차락, 차락.

첫 번째 채반에 걸러져 나오는 새우는 육젓으로 출하하기엔 크기나 영양분이 상당히 적다.

흔히 추젓이라고 부르는 이 새우젓은 주로 김장이나 순대국밥 집에서 찾아볼 수 있다.

이 과정을 거치고 나면 채반에 걸러진 새우를 다시 드럼통에 넣고 강력한 물보라를 일으켜 무게가 가벼운 새우를 골라내게 된다.

촤아아아아악!

강수는 물 위에 둥둥 뜨는 새우를 제거한 후 오로지 빨간색 새우만 골라서 다시 분류했다.

상당히 손이 많이 가는 과정이긴 하지만 이 과정으로 인해 kg당 세 배에서 네 배의 가격 차이가 난다.

때문에 선별 과정이 누락되면 그 값을 제대로 받을 수 없는 경우가 대부분이다.

한마디로 이 선별 작업이 가격을 결정한다.

강수는 두 번째 선별 작업을 마치고 난 후에도 또 한 번의 필터링을 거쳤다.

이번에는 마지막 선별 작업을 할 생각인데, 강수는 드럼통에 바닷물을 가득 담은 후에 다시 천일염을 한 가득 들이부었다.

사라라라라락.

무려 한 포대나 되는 소금을 새우가 든 통에 들이붓고 나면 그 위로 새우들이 위로 둥둥 뜨게 된다.

그럼 이것들을 뜰채로 잘 건져 색이 빨간 새우만 따로 건져 선별하면 모든 작업이 끝나게 된다.

새우를 잡는 것도 일이지만 이렇게 선별하여 따로 담는 것도 큰일이었다.

무려 세 시간 동안이나 허리를 펴지 못하고 일한 강수는 주변이 어둑어둑해지고 나서야 간신히 허리를 폈다.

뚜두두둑!

"으윽, 상당히 귀찮은 작업이군."

요즘 강수가 이렇게 열심히 일하는 것은 광산 구매 등으로 나간 현금의 공백을 채우기 위함이다.

중국과 일본에 있는 회사들을 인수하면서 생긴 현금 공백은 단기간의 수익으론 도저히 감당할 수가 없었다.

그래서 일부러 남은 돈을 털어서 조업에 뛰어든 것이다.

이렇게 몇 달만 고생한다면 다시 자금을 제대로 변통할 수 있는 날이 올 것이 분명했다.

'조금만 참자.'

강수의 인생은 언젠가부터 고통을 참아내는 인내의 시간으로 채워져 있었다.

그런 그에게 이런 작업쯤이야 눈을 질끈 감으면 그만인 정도였다.

그는 계속해서 새우를 선별해 나갔다.

*   *   *

이른 새벽, 목포 수산물 시장.

거의 만선으로 돌아온 강수는 먼 바다에서 잡은 물고기를 경매장에 올려놓았다.

그러자 경매사들은 바쁜 손놀림으로 물건값을 정하기 위한 경매를 시작했다.

"6번, 6번……."

"3만."

"6번 3만, 3만."

"4만."

"6번 4만……."

현란한 수화와 함께 수산물의 가격은 점점 올라갔고, 이제 한 박스당 가격이 정해져 낙찰자에게 물건이 돌아갈 것이다.

낙찰자들은 입찰에 참여한 선장들에게 현금으로 물고기 값을 치르고, 선장들은 경매사에게 일정의 수수료를 지불하여 현금을 취득한다.

이렇게 만선으로 돌아오면 적어도 한 척이 200~300만 원의 수익이 나게 된다.

원래 선장은 이것을 선원들에게 배분하여 수익을 나누고 자신이 그 나머지의 돈을 가져가게 된다.

위와 같은 수익 구조의 어선이지만, 만약 선원들에게 수익이 돌아가지 않고 선장에게만 수익이 돌아간다면 얘기는 달라진다.

그러니까 강수의 경우엔 50인분의 수익이 고스란히 자신에게 돌아온다는 소리다.

덕분에 오크와 고블린까지 호의호식하겠지만 일단 강수에게 돌아오는 수익은 상당히 극대화된 셈이다.

그러나 문제는 언제까지나 이렇게 대놓고 납품하기가 힘들다는 것이다.

어선을 운영하는 일은 국가에서 내려준 어업허가증이 필요한데, 그 허가증은 몬스터들이 취득할 수 없다.

또한 허가증의 가격 역시 만만치가 않기에 다섯 개의 허가증을 모두 보유하기란 그리 쉬운 일이 아니었다.

"6번 망상호 선주님, 현금 수령하십시오."

"네, 감사합니다."

"그나저나 젊은 사람이 꽤 수완이 좋군요. 이렇게 많은 고기를 잡다니. 도대체 어디서 조업하는 겁니까?"

"조금 먼 바다에 그물을 친 덕분이지요."

"으음, 그래요?"

오늘은 다행히 별 이상 없이 넘어갔지만, 이것이 계속되면 조합에서도 이상하게 볼 것이 분명했다.

앞으로 강수는 판로를 개척하기 위해 다른 방향으로 사업을 개선해야 할 필요성을 느꼈다.

제3장
새로운 인연

　중국 상하이 수산시장.

　이곳은 상당히 큰 규모의 어시장이 활성화되어 있는 곳이
다.

　한국에서 잡은 물고기를 이곳에다 팔면 수익을 올리는 데
큰 문제는 없을 것이다.

　하지만 한 가지 문제가 있다면 한국에서 팔리는 가격에 비
해 터무니없이 저렴하다는 것이다.

　"8번, 30위안(한화 6천 원 상당)……."

　"……."

강수는 경매사가 정해준 가격을 듣고는 거의 기절할 뻔했다.

한국에서 팔면 한 박스에 족히 6만 원은 나올 물건이 중국으로 오니 열 배나 떨어진 것이다.

"…말도 안 되는 가격이군."

현실과의 괴리감을 느낄 정도의 가격을 받고 물고기를 팔아넘길 생각을 하니 강수는 속이 쓰려왔다.

하지만 그러거나 말거나 경매사는 강수에게 어서 돈을 정산하고 나가라고 재촉한다.

"낙찰 물건 넘기고 돈 받아가요. 다음 사람 기다리잖아요."

"알겠습니다."

무려 50마리의 몬스터가 파도와 싸우며 잡은 물고기가 겨우 이 정도의 가치밖에 안 되다니 그저 기가 막힐 노릇이다.

강수는 위안으로 된 돈다발을 받아 들곤 깊은 고민에 빠졌다.

이대로라면 수익 창출이 제대로 되지 않아 투자한 돈도 제대로 다 챙기지 못할 것이다.

섬에 들어간 돈만 10억이 넘는데 고기잡이로 제대로 돈까지 받지 못한다면 다시 배를 모두 정리해야 할 수도 있었다.

'돌파구를 찾아야겠군.'

그는 다시 한국으로 향했다.

*   *   *

강수는 한국에서 제대로 수산업을 할 수 없다면 적당한 업체를 인수합병해서라도 수익을 올려야겠다고 생각했다.

그가 지금 중국과 일본에 벌여놓은 사업들은 현금이 없어서 초기 자본 융통에 어려움을 겪고 있다.

만약 여기서 제동이 걸린다면 사업은 엎어지고 말 것이다.

더군다나 한국에도 꽤 이름난 법인기업이 필요하다.

지금 그가 벌어들이고 있는 수익은 대부분 외국 자본이기 때문에 국내 자본은 상당히 부실하다.

차라리 이번 기회에 제대로 된 유통망을 확충하는 것이 좋을 것이다.

광주광역시에 위치한 작은 카페.

강수는 이곳에서 부동산공인중개사 황성준을 만나기로 했다.

황성준은 목포 청년회에서 소개한 사람으로 부동산은 물론이고 굵직굵직한 회사들에 대한 소식까지 전부 다 짊어지고 다니는 마당발이었다.

강수는 그에게 수산업에 조예가 깊은 기업 중에서 부도 직전에 몰린 곳이 있냐고 수소문했다.

그러자 그는 어디론가 전화를 몇 통 돌리더니 이내 상황을 파악하여 강수에게 그것을 전달해 주었다.

"총 네 곳이 있습니다. 한 곳은 육가공과 식품가공까지 함께 겸하고 있고요."

"으음."

"얼마 전에는 일본과 대만까지 진출했다고 하더군요. 아시죠? 요즘 일본에 납품하는 생선 단가가 많이 오른 것 말입니다."

"그렇긴 하지요."

"그때 함께 숟가락을 얹어서 일본을 뚫었다고 합니다. 그 영향으로 대만에서도 러브콜이 왔고요."

"그런데 그곳이 어째서 부도 위기에 처한 겁니까?"

"자세한 내막은 저도 알 수가 없지요. 하지만 중요한 것은 지금 회사 사정이 무척 좋지 않다는 것입니다."

"흠……."

일본의 원전사고로 인해 한국산 수산물이 일본으로 대량 수출되면서 그 값이 천정부지로 뛰었다.

하지만 요즘 어획량이 크게 줄어서 수출에 차질을 빚는 곳이 많아 문제였다.

강수는 저들도 적자 행진이 계속되다 못해 사업을 접으려는 것이 아닌가 싶었다.

그러나 아직 자세한 내막은 알 길이 없었다.

"더 깊은 내막은 공인회계사에게 맡겨서 분석하시는 것이 좋을 겁니다. 저로선 거기까지는 알아볼 수 없거든요."

"그렇군요."

"괜찮다면 제가 잘 아는 친구를 소개시켜 드릴 수도 있습니다."

"그렇다면 감사하지요."

모든 일은 전문가와 상의해서 적합한 절차를 밟아 진행하는 것이 옳다.

강수는 이 회사를 소개해 준 황성준에게 일정 수수료를 지불했고, 그는 아주 신이 나서 강수를 도왔다.

"그럼 내일까지 약속 장소를 정해서 통보해 드릴 테니 그를 한번 만나보시지요."

"네, 알겠습니다."

재수가 좋으면 좋은 값에 회사를 인수할 수 있을 것도 같았다.

*　　　*　　　*

다음 날 강수는 황성준의 친구 임치성을 만나 해당 회사에 대한 얘기를 전해 들을 수 있었다.

그는 자신이 나름대로 분석한 해당 회사에 대해서 이렇게 설명했다.

"겉은 탄탄한데 속은 빈 수박 같은 느낌입니다."

"내실이 부실하다는 소리군요?"

"예, 그것도 무척이나 말도 안 될 정도로 말입니다. 아마 이 회사를 제값 주고 사는 사람은 땅을 치고 후회할 겁니다."

"으음, 그래요?"

임치성은 자신이 준비한 조사기획서를 가지고 차근차근 설명해 나갔다.

"자, 보십시오. 제가 아주 짧게 분석한 바에 의하면 회사의 수익에 비해서 시가총액이 상당히 높습니다. 그 말은 무엇을 뜻하느냐, 바로 분식회계를 했다는 뜻이지요."

"분식회계를 저렇게 아무렇게나 막 한단 말입니까?"

"회사 내부에서 마음만 먹으면 분식회계쯤은 식은 죽 먹기입니다. 만약 일류 대기업이 이런 짓거리를 했다면 큰 문제가 될 수 있지만, 이런 중견 기업쯤은 별 상관이 없어요. 주목을 받지 못하기 때문이죠."

그가 내민 그래프에는 해당 회사가 가진 경쟁력에 비해 시가총액이 너무나 높게 나왔다는 사실이 적나라하게 드러나 있었다.

또한 장부에 나온 자산과 실 자산이 판이하게 달라서 도저히 믿을 수가 없을 정도였다.

"경제 용어 중에 폭탄돌리기라는 단어가 있습니다. 혹시 아십니까?"

"알고 있습니다. 회사를 이리저리 돌려먹다가 나중에는 폐기처분하는 것 아닙니까?"

"맞습니다. 지금 이 회사가 딱 그런 처지입니다. 시가총액이 높은 이유는 이들이 말도 안 될 정도로 거대한 증자를 무분별하게 행했기 때문입니다. 일명 물타기 증자를 미친 듯이 남용한 것이지요."

기업이 물타기 증자를 해대면 시가총액은 높아지지만 내실은 그만큼 높아진 수치를 따라갈 수가 없다.

만약 그렇게 된다면 회사는 증자에 대한 타격을 이리저리 돌려막다가 결국 스스로 도산하고 만다.

이 과정에서 M&A 전문가들이 빼먹을 수 있는 것만 다 빼먹고 나중에는 껍데기만 남게 된다.

이것이 바로 증권가에서 말하는 폭탄돌리기의 정체다.

"흠……."

"전문가의 견해에 따라 말씀드리자면 인수합병은 미친 짓입니다. 다 같이 죽자고 폭탄돌리기에 동참하면 모를까 그렇지 않다면 말도 안 되는 일입니다."

강수는 가만히 그래프를 바라보다 문득 임치성에게 물었다.

"그런데 말입니다, 만약 이 폭탄돌리기 중간에 제가 인터셉트를 한다면 어떻게 됩니까?"

"무슨 의미이십니까?"

"내실은 건지고 가격은 낮추는 일 말입니다."

"그러니까 저들이 짜고 치는 판에 슬쩍 발을 올려놓았다가 회사를 빼앗는다는 말씀이군요?"

"그렇지요."

"아주 불가능한 일은 아니죠. 다만 그 회사에 대해서 잘 아는 사람이어야만 가능합니다."

강수는 이번엔 황성준에게 물었다.

"이 회사에 아는 사람이 계십니까?"

"대표이사의 아버지와 친한 사이였습니다. 지금은 고인이 되고 없지만 말입니다. 그 딸과 가끔 얼굴을 보곤 합니다."

"대표이사는 이 상황에 대해 아는지요?"

"아마 모를 겁니다. 그 아이는 이제 대학을 졸업한 새내기거든요."

"그렇군요."

강수는 그에게 명함을 한 장 건네주며 말했다.

"이 회사로 하겠습니다. 이 일이 성사되면 두 분께 충분히 사례하도록 하지요."

"지, 진심입니까?"

"물론입니다. 대신 그 대표이사라는 사람과 만날 수 있도록 다리를 놓아주십시오. 이것이 조건입니다."

"알겠습니다."

두 사람은 성공과 실패를 떠나서 수수료만 받아먹으면 그만이니 아쉬울 것 없는 장사다.

이제 강수는 이들을 이용하여 회사를 어떻게 낚아챌지 고민에 빠져들었다.

*   *   *

주식회사 청미식품은 1995년도에 세워져 지금까지 20년간 광주 일대의 식품시장을 주름잡아 왔다.

이들은 IMF사태가 터진 시기에도 굳건히 버텨냈으며, 오히려 위기를 기회로 삼아 도약의 발판을 마련했다.

청미식품의 대표이사 김명만은 딸의 이름을 딴 청미식품을 마치 자식처럼 키웠다.

자식을 키운다는 마음으로 키운 회사는 탄탄한 내실과 넉넉한 재정으로 인해 이제 곧 지역 유지 기업으로 발전할 날만 바라보고 있었다.

한데 그런 가운데 회사가 휘청거리는 사태가 발생하고 말았다.

김명만은 나이 마흔에 지병을 얻었는데, 바로 심장판막협착증이었다.

심장판막협착증은 심장에 있는 판막의 입구가 좁아져 혈류가 제대로 흐르지 않는 증상이다.

수술로 좋아질 수 있는 질병이긴 하지만 그의 경우엔 협착증을 완화시킬 수 있는 수술이 불가능했다.

그는 기형 심장을 가지고 있었는데, 심장 세포와 신경 자체가 일반인에 비해 무려 열 배나 약했다.

게다가 심장판막 부근에 종기처럼 생긴 신경 다발이 자리잡고 있어 도저히 수술이 불가능했다.

결국 그는 급성심부전증과 동반된 저혈압으로 인해 3년 전쯤 세상을 떠나고 말았다.

자상한 남편이자 아버지이던 그가 죽고 난 후, 그의 아내마저 사고로 세상을 등지고 말았다.

이때부터였다.

회사를 지킬 힘이 없던 김명만의 딸 청미는 이사들의 범법행위에 그대로 노출되기 시작했다.

공금을 횡령하는 것은 기본이요, 분식회계와 이중장부 작성 등으로 단가를 중간에 가로채기도 했다.

이런 과정에서 회사는 점점 기울어져 결국에는 부도 직전까지 몰리게 된 것이다.

청미는 대학을 졸업하고 난 후 곧장 회사를 물려받았지만 사업에 대해선 문외한인 그녀가 할 수 있는 일은 아무것도 없었다.

대학에서 피아노와 유아교육을 복수로 전공한 그녀는 회사가 기울어 가는지도 모른 채 그저 슬픔에 잠겨 재산만 탕진하고 있었다.

청미식품 정기이사회가 열리는 날, 청미는 정갈하게 각이 잡힌 정장을 입고 회의실로 들어섰다.

"대표이사님께서 들어오셨습니다."

"안녕하십니까?"

사회자의 소개와 함께 회의장으로 들어선 그녀에게 이사진은 눈길조차 주지 않았다.

"어이, 김 이사, 내일 골프 한 게임 어때?"

"하하, 좋지! 내기는?"

"당연히 100만 원 빵이지!"

"……"

그 모습을 바라보는 청미의 얼굴에 분노가 가득하다.

'아빠가 살아 계셨다면……'

김명만이 살아 있을 때엔 충직한 심복처럼 굴던 그들이 불과 3년이 지나고 나자 자신들이 사장인 것처럼 굴고 있었다.

아마도 제대로 된 사장이었다면 최소한 회의장에서 취미 생활을 운운하지는 않았을 것이다.

사장이 회의실로 들어왔음에도 불구하고 자리에서 일어서기는커녕 눈길조차 주지 않는다는 것은 도의에 어긋나는 일이다.

그들은 최소한의 도의도 무시한 채 그녀를 투명인간 취급하고 있었다.

청미의 수행비서 이진욱이 그런 그들에게 따끔하게 일침을 가했다.

"이사님들, 사장님께서 오셨는데 인사는 해주셔야 하는 것 아닙니까?"

"아, 왔나? 앉게."

"…사장님이십니다. 존칭을 써주시지요."

"하하, 우리끼리 왜 이래? 청미, 아저씨 알지?"

"……."

"이 사람아, 내가 청미의 돌잔치에서 사회를 봤어. 얼마나 청미를 아끼는지 알아? 그저 내 딸 같아서 편하게 대하는 거야. 괜찮지?"

"그, 그게 무슨 말도 안 되는 소리입니까?! 정말이지……!"

그녀는 노발대발하는 이진욱을 만류했다.

"괜찮아요, 이 실장. 이만 회의를 진행하죠."

"사장님……!"

"하하, 그래. 어서 끝내고 같이 밥이나 먹자고. 오랜만에 이 아저씨가 점심 사줄게."

"…감사합니다."

청미가 이렇게까지 이사들에게 꼼짝을 못하는 것은 이들이 가진 지분과 인맥 때문이었다.

회사가 처음 창립되자마자 신입사원으로 채용된 이들은 청미식품이 가진 유통망을 직접 뚫은 장본인이다.

사장도 없는 판국에 이사들까지 나 몰라라 손을 놓아버리면 회사가 돌아가지 않을 것이다.

또한 이사들이 가진 지분은 이제 사장의 경영권을 위협하는 지경에 이르게 되었기 때문에 섣불리 나설 수가 없었다.

그나마 청미가 대외적으로 얼굴을 알리지 않았다면 진즉 대표이사부터 갈아치웠을 것이다.

그런 이유로 청미는 매일 지옥과 같은 나날을 보내지 않으면 안 되었다.

"자, 회의를 시작하시지요."

청미는 이사회에서 결정해야 할 사안에 대해서 논의하기로 했다.

"먼저 첫 번째 안건입니다. 우리 회사 재무이사를 선출해야 한다고 알고 있습니다. 이에 대해서……."

"아, 그것 말이야? 당연히 내가 알아서 처리했지."

"그게 무슨 말씀이십니까?"

"내 처조카 알지? 성민이라고. 그 아이를 재무이사에 앉혔어. 어려서부터 셈이 빠르고 이해타산이 빨라서 아마 잘할 거야."

"…대표이사인 저도 아직 승인을 낸 적이 없습니다만? 다른 분들은 알고 계셨습니까?"

"물론이지요. 우리도 잘 알고 있습니다."

부사장 임형석은 지금 이 회사의 실질적인 오너라고 할 수 있는 실세다.

그가 하는 일이라면 반기를 들 사람이 없을 것임은 물론이거니와 이견을 보였다간 뼈도 못 추릴 것이 분명했다.

때문에 그가 정책을 정하면 이사진은 그대로 따를 수밖에 없었다.

한마디로 지금 이 회사는 부사장과 이사진이 서로 짜고 회사를 자기들 마음대로 망치고 있다고 할 수 있었다.

"자자, 다음 안건으로 넘어가자고. 지금이라도 알았으면 된 것 아니야?"

"……."

"어이, 이 실장, 어서 다음 안건으로 넘기라고. 나도 꽤나 바쁜 사람이야."

이들의 뻔뻔한 행실에 할 말을 잃어버린 이진욱에게 청미가 가까스로 입을 열었다.

"…안건을 넘기시죠."

"알겠습니다."

그녀는 자신에겐 아무런 의미도 없는 이사회를 가만히 지켜볼 뿐이었다.

* * *

늦은 밤, 청미는 광주 극락강 인근에 위치한 포장마차에서 소주를 기울였다.

아무것도 없는 상에 그저 소주만 놓고 술을 마시고 있는 그녀에게 보다 못한 포장마차 주인이 어묵탕을 내왔다.

"쯧쯧, 다 큰 처녀가 혼자서 이 무슨 청승이야? 이것이라도 좀 먹어."

"…고맙습니다."

이곳은 그녀가 스무 살 때부터 가끔 찾아오던 곳으로, 아버지가 돌아가시고 나선 거의 매일 출근도장을 찍었다.

포장마차 주인장은 그녀가 매일 왜 저렇게 술을 마시고 있는지 알지 못했다.

그러나 그 표정에 담겨 있는 억울함에서 어렴풋이 사정을 알아차릴 수 있었다.

"여자 팔자는 뒤웅박팔자야. 그저 남자 하나 잘 만나면 되는 거야. 그러니 술 조금만 마시고 시집갈 생각이나 해."

"네……."

"얼굴도 예쁘고 기럭지도 좋은 처녀가 이게 무슨 청승인지 몰라. 적당히 마시고 들어가."

"…알겠습니다."

그녀가 포장마차 탁자 위에 술값을 올려놓고 밖으로 나가려는 바로 그때였다.

"잠깐, 혼자 청승 안 떨면 한 잔 더 마셔도 됩니까?"

"누구세요?"

청미는 다짜고짜 자신의 손을 잡아 자리에 앉히는 한 남자를 바라보며 고개를 갸웃거렸다.

그는 막무가내로 술을 시켰다.

"여기 소주 한 병 주십시오. 그리고 낙지 한 접시도 주시고요."

"어머나! 누구야? 애인?"

"애인은 아니고, 운명공동체를 논의하기 위한 사람이라고나 할까요?"

"무슨 소리인지는 몰라도 둘이 잘 어울리네! 잘해봐. 그 운명공동체인가 뭔가 말이야."

"감사합니다."

얼떨결에 자리에 앉긴 했지만, 청미는 이 상황이 도저히 이해가 가지 않았다.

허우대는 멀쩡해서 이상한 소리만 지껄이는 것이 그녀의 상식으로는 도저히 납득이 가지 않았다.

하지만 그는 그러거나 말거나 끝까지 포커페이스다.

"일단 한잔합시다. 그러면 내가 좋은 정보 하나 줄게요."

"……."

대학을 다니던 시절엔 이렇게 저돌적으로 대시해 오는 남자들이 간간이 있었다.

워낙 여대에서도 유명할 정도로 미모가 빼어난 그녀이기에 주변에 남자가 끊이질 않았던 것이다.

아마 오늘도 그런 한심한 놈팡이 중 하나가 재수 없게 꼬인 모양이다.

"됐어요. 술값은 내가 낼 테니까 소주 마시다 죽을 때까지 혼자 마시다 가세요. 그럼."

그녀가 자리에서 일어나려던 바로 그때, 남자는 자신의 품 속에서 통장 하나를 꺼냈다.

"받아요."

"이게 뭔가요?"

"제가 드릴 수 있는 최대한의 성의입니다."

"…뭐요?"

"내가 당신의 전부를 사겠습니다. 금액은 넉넉하게 잡았어요."

"그런데 이 사람이 진짜……!"

안 그래도 오늘따라 아버지 생각이 간절한데, 약간 맛이 간 사람까지 달라붙으니 그녀는 아주 딱 죽을 맛이었다.

하지만 그녀는 이내 이 남자가 어떤 사람인지 알 수 있게 되었다.

"시가총액보다는 터무니없이 낮습니다. 하지만 당신이 혼자 평생 살아가기엔 괜찮을 겁니다."

"시, 시가총액?"

"청미식품 말입니다. 어차피 그리 어렵게 회사를 운영할 바엔 저에게 파십시오. 제가 제대로 키워드리겠습니다."

그제야 그녀는 사내가 건넨 통장을 열어보았다.

[금액 20억 원정]

"…우리 아버지 회사를 사겠다고 여기까지 온 건가요?"

"그렇습니다."

순간 그녀는 화가 난 나머지 뜨거운 어묵 국물을 남자의 얼굴로 끼얹어 버렸다.

촤락!

"어, 어머나! 아가씨! 이게 무슨 짓이야?! 총각, 괜찮아?!"

뜨거운 어묵 국물을 그대로 뒤집어쓴 남자는 붉어진 얼굴을 소매로 스윽 닦더니 자리에서 일어섰다.

"이곳이 마음에 안 드신다면 나가서 한잔합시다. 제가 살게요."

"……."

청미 스스로도 얼굴에 국물을 끼얹고는 놀랐지만, 주변에 있던 사람들은 더 놀란 모양이다.

그럼에도 불구하고 그는 아주 차분하게 자신의 할 말을 이어나가고 있었다.

그녀는 그의 이런 태도가 조금은 불쾌했지만 어쩔 수 없이 사내를 따라 나가기로 했다.

"…가시죠. 얼굴에 부은 어묵은……."

"괜찮습니다. 술 한잔하면 싹 내려갑니다."

"그렇지만……."

"나와요."

사내는 테이블에 술값을 올려놓고는 이내 포장마차를 나섰다.

*   *   *

극락강변 인근 벤치.

강수는 아까부터 화끈거리는 얼굴을 가라앉히느라 고생 중이다.

환골탈태를 경험하고 난 후엔 화상이나 동상은 걸리지 않게 되었지만 뜨거운 것은 어쩔 수 없었다.

그는 일부러 그녀가 자신에게 실수를 하도록 유도하여 술자리를 나오도록 했다.

아무리 무뢰배라고 해도 멀쩡한 사람에게 어묵 국물을 부어놓고 나 몰라라 할 사람은 없을 것이다.

강수는 그런 그녀의 심리를 이용하여 술자리를 가질 생각이었다.

그녀는 동네 구멍가게에서 사온 페트병 소주를 놓고 강수와 마주 앉았다.

종이컵 가득 넘실거리는 소주를 바라보며 그녀는 실소를 흘렸다.

"세상에 당신처럼 정신 나간 사람은 처음이네요. 그 뜨거운 국물을 그대로 얼굴로 막다니."

"정확히는 막은 것이 아니라 어쩔 수 없이 맞은 것이지요."

"뭐, 어쨌거나요. 당신은 참 무식한 사람이에요."

"그런 소리 많이 듣습니다."

이윽고 두 사람은 일회용 그릇에 담긴 어묵탕과 떡볶이를 안주 삼아 소주를 마시기 시작한다.

"한잔하시죠."

"네."

꿀꺽꿀꺽!

"크흐, 좋다!"

"…써. 오늘따라 술이 아주 쓰네요."

"그럼 술이 쓰지 안 씁니까? 원래 술은 써서 마시는 겁니다."

"거참, 말 한번 멋대가리 없이 하네요."

"내가 원래 그래요."

그녀는 멋대가리 없는 강수에게 자신을 찾아온 진짜 이유를 물었다.

"그나저나 그 많은 돈을 들고 나를 찾아온 이유가 뭐에요?"

"말씀드렸잖습니까? 청미식품을 인수한다고요."

"아니, 그게 아니고 진짜 나를 찾아온 이유가 있을 것 아닌가요?"

"사람 참 못 믿는 아가씨네. 이봐요, 내가 하릴없이 여자

꽁무니나 쫓아다닐 사람으로 보여요?"

"흠. 여자와 큰 인연이 없는 사람인 것은 맞는 것 같아요."

"…그래요. 그런 내가 당신을 찾아와 통장까지 건넨 것은 마음속 깊은 곳에서 우러나온 진심입니다."

그녀는 고개를 갸웃거렸다.

"이상한 사람이네. 우리 회사가 당신에게 왜 필요한데요?"

"일단 싸고 크잖아요."

"그게 끝?"

"사람이 회사를 인수하는 데 뭘 가장 중요하게 생각할 것 같아요?"

"그거야 내실이나 상표 아니겠어요?"

"맞습니다. 당신의 회사는 중견 기업입니다. 또한 지역에선 꽤나 네임드가 있지요. 이것보다 더 좋은 인수 조건이 또 있습니까?"

"하지만 우리 회사는 내실이 좋지 않아요. 알아보셨을지 모르겠지만, 우리 회사는 분식회계로 거의 파산 직전이라고요. 아마 중소기업보다 더 못할지도 몰라요."

"그렇지만 잘만 다듬으면 다시 빛을 발할 수 있는 원석이기도 하지요."

"원석이라……. 하지만 이사회가 하는 짓거리를 낱낱이 파헤치다 보면 그런 소리가 싹 달아날걸요?"

"압니다. 나에게 방법이 있어요. 나는 당신에게 통쾌한 복수와 함께 아버지의 명예를 되찾아다 줄 방법을 알고 있습니다."

"어떻게요?"

강수는 자신이 세워둔 계략에 대해서 설명하기 시작했다.

*   *   *

김청미와 만나고 3일 후, 강수는 청미와 함께 수행비서인 이진욱을 만날 수 있었다.

그는 학교를 졸업한 직후 청미식품에 입사하여 10년 동안 근속했다.

그동안 회사의 여러 부서를 두루 거치면서 경력을 쌓았고, 야간대학까지 졸업하여 사장의 수행비서까지 맡게 되었다.

그의 직함은 실장, 회사 내에선 꽤나 높은 직급이었다.

이진욱은 마주 앉은 강수를 바라보며 떨떠름한 표정을 짓고 있었다.

"이름이……."

"이강수입니다."

"……."

청미는 강수가 자신들을 도와 복수를 해줄 것이라고 말했
지만, 이진욱은 강수를 딱히 신뢰하지 않는 모양이었다.

청미는 강수를 어떻게 생각하는지 모르겠지만 그는 강수
에게 상당한 경계심을 가지고 있는 것 같았다.

"사업을 하신다고요?"

"예, 그렇습니다."

"그렇다면 어디서 무슨 사업을 하시는지 말씀을 좀 해주서
야겠습니다만……."

강수에 대해서 꼬치꼬치 캐묻는 이진욱에게 청미는 조금
당혹스럽다는 듯이 말했다.

"이 실장님, 일단 계약을 하기로 했으니까……."

"그래도 알 건 알아야 할 것 아닙니까? 이 사람이 사기꾼이
면 어쩔 겁니까?"

"사, 사기꾼이요?"

"이사진과 짜고 치는 것이라면 어떻게 할 거냐 말입니다."

그의 말을 가만히 듣고 있던 강수는 이내 고개를 끄덕였다.

"흠, 듣고 보니 그도 그렇군요."

"이, 이 사장님?"

"아무것도 모르는 생면부지의 남에게 회사를 넘겨주는 것
자체가 어불성설이지요."

이진욱은 강수가 못 미더워 그에 대한 정보를 조금이라도

더 알아내려는 것 같았다.

하지만 강수의 입장에서 본인의 정체를 아무렇게나 밝힐 수는 없는 노릇이다.

"좋습니다. 그럼 내가 당신들에게 믿음을 드릴 수 있는 일을 하나 해드리지요."

"믿음을 줄 수 있는 일이요?"

"실장님께서 저를 믿을 수 있는 일을 해드린다면 신뢰를 얻을 수 있겠지요."

"전 그렇게 호락호락한 사람이 아닙니다만?"

"괜찮습니다. 깐깐한 사람에게 믿음을 얻기가 쉽다고 생각하진 않습니다."

그제야 이진욱은 강수가 마음에 든다는 듯이 슬쩍 미소를 지었다.

"그래요. 오는 것이 있어야 가는 것이 있지요."

"하지만 조건이 하나 있습니다."

"말씀하십시오."

"만약 제가 당신의 신뢰를 얻을 만한 일을 해낸다면 저를 전적으로 믿어주셔야 합니다. 심지어 스스로의 머리로 이해가 되지 않는 일을 한다고 해도 저를 믿어주셔야 합니다. 아시겠지요?"

"물론입니다. 이해는 되지 않아도 따라갈 수는 있는 것이니까요."

수많은 지식인이 세계 각지의 리더를 따라서 불구덩이에 몸을 던진다.

그러면서 그들이 리더를 100% 신뢰했느냐 하면 그것은 아니다.

도저히 이 사람이 왜 이러나 싶을 정도로 이해가 가지 않는 일을 해주면서도 머리론 끝도 없이 의심하는 것이다.

하지만 그들은 그런 의심이 들 때마다 자신은 그저 리더를 따르는 사람일 뿐이라고 자신을 다독인다.

그래서 탄생한 위대한 업적은 지금도 후대까지 이어져 오고 있으며, 사람들은 그들을 일컬어 위인이라고 불렀다.

비록 강수가 위인은 아니라고 해도 그가 신뢰할 수 있는 사람이라면 마음속 깊이 자리한 불신까지 날려 버릴 수 있을 것이다.

강수는 두 사람에게 사진을 한 장씩 나누어 주며 말했다.

"이런 사람이 재무이사로 취임했다고 하더군요."

두 사람은 그의 사진을 보자마자 인상을 확 찌푸렸다.

"…맞습니다. 천하의 빌어먹을 놈이지요."

"제가 이 사람을 당신의 충복으로 만들어보겠습니다."

"충복이요?"

"스파이가 되라면 스파이가 될 것이고 죽으라면 죽는 시늉도 할 겁니다. 어때요?"

"그걸 어떻게 믿죠? 그가 사장님의 충복이 되었다는 증거가 없지 않습니까?"

"후후, 두고 보십시오. 도저히 믿지 않고는 못 배길 일이 생길 겁니다."

"뭐요?"

두 사람은 고개를 갸웃거렸지만 강수는 한 점 흔들림 없이 대화를 마무리했다.

제4장
정신을 바짝 차리도록

광주에 위치한 룸살롱 '모란'.

이곳에선 하루에 수백만 원에 달하는 현금이 오가곤 한다.

이곳에서 술을 마시는 것만으로도 족히 100만 원은 너끈히 지불해야 하지만, 룸살롱을 찾는 사람들은 비단 술만 마시기 위해 이곳을 찾진 않았다.

모란의 지하에는 VIP룸이 줄지어 늘어서 있는데, 오늘 이곳에는 30대 초반의 젊은 청년이 무려 여덟 명이나 들어가 있었다.

"찰랑~ 찰랑~ 찰랑대네~"

"아싸, 좋구나!"

룸살롱을 찾는 나이 대는 주로 40대 초반에서 50대 후반까지, 심지어는 그 이상도 많이 포진해 있다.

하지만 중요한 것은 30대 이하의 청년들은 룸살롱을 자주 찾지 않는다는 것이다.

이미 연애나 결혼 생활에 충실해야 하는 나이이기도 하지만, 그만한 재력을 갖추지 못했기 때문이다.

외국인들이 한국을 동경하는 이유는 돈이 모든 것을 좌지우지하기 때문이다.

심지어 한국에선 돈만 있으면 귀신도 부린다는 속언이 있지 않은가?

그만큼 돈에 의해 돌아가고 돈에 의해 세상이 뒤집히는 곳이 바로 대한민국이었다.

그런데 이 대한민국에서 평균적으로 돈 많다는 소리를 들으려면 적어도 마흔은 넘어야 한다.

만약 그렇지 않다면 젊은 나이에 사업으로 성공하거나 주식으로 부자가 되어야 한다.

그 이유는 무엇이냐면 한국은 경력과 인맥으로 성공의 판도를 가늠하기도 하기 때문이다.

경험과 인맥, 이 두 가지를 완벽하게 갖추려면 해당 업계에서 적어도 20년 이상은 근속해야 한다.

이런 조건을 갖추는 나이가 바로 40대 초반에서 50대 초반이다.

그전에는 열심히 일해서 돈을 모으고 그 종잣돈으로 모험을 하는 것이 일반적이다.

하지만 만약 흥청망청 유흥에 미쳐 산다면 얘기는 또 달라질 것이다.

청미식품의 재무이사 염상철은 30대 초반의 나이로 중역의 자리에 앉은 사람이다.

겉보기엔 그의 능력이 엄청나서 중역의 자리에 앉은 것 같지만 실상은 그렇지가 않았다.

그는 회사 중역 중에서도 가장 힘이 좋은 매형의 줄을 잡고 회사에 들어왔다.

염상철은 학벌도 없고 능력도 없는 그저 청년 백수에 불과했지만, 잘난 누이를 두어 재무이사까지 단번에 올라온 것이다.

물론 이 자리는 매형 임형욱의 비자금 조성을 위해 임시로 앉은 자리이지만 그는 갖은 생색을 다 내고 다녔다.

"아하하! 오늘은 내가 화끈하게 쏘는 거니까 질펀하게 놓아보자고!"

"좋지!"

"이야, 너 출세했다? 그 나이에 재무이사라니, 꽤나 잘나가는 자리 아니야?"

"후후, 내가 뭐라고 했냐? 남자는 한 방이라고 했잖아!"

"그래, 네 말이 맞다. 역시 남자는 한 방이야!"

간신의 곁에는 모사꾼이 붙어 다니고 썩은 고기 옆에는 날파리가 끼게 마련이다.

이곳에 모인 그의 친구들은 무려 10년 동안 집구석에 처박혀 밥이나 축내던 그를 한심하게 생각하며 살아왔다.

무려 10년 동안이나 친구들에게 술을 얻어 마시며 다녔어도 그는 노력이란 것을 해본 적이 없었다.

그런 그가 정상적인 사람이라고 생각하면 그 자체가 머저리인 셈이다.

하지만 이런 술자리가 어디 흔하겠는가?

보통 한국 남자는 군대에서 전역하고 난 후 대학을 졸업하면 20대 중반은 지나가고 회사에 들어갈 때쯤이면 거의 서른을 바라본다.

그나마도 늦어지면 서른을 넘겨서 취업하는 경우도 있고 그렇지 못하면 만년백수로 지내야 한다.

이들 역시 보통의 남자들이고, 월급은 200만 원 안팎이다.

200만 원이 결코 적은 돈은 아니지만 흥청망청 술을 퍼마시고 다니기엔 무척이나 빠듯한 돈이다.

그런데 룸살롱이라니, 당연히 입에서는 사탕발림이 저절

로 튀어나올 수밖에 없었다.

염상철은 룸살롱 테이블 위로 올라가더니 이내 윗옷을 홀러덩 벗으며 외쳤다.

"이 기집애들아! 오빠가 오늘 가장 잘 노는 년에게 돈을 뿌릴 거다! 흐흐흐, 알아서 벗어라!"

"와아아! 오빠 최고!"

손님이 왕인 룸살롱에서 돈을 주는 일이라면 죽는 시늉도 해야 하는 것이 옳다.

이 또한 직업이고 현장에서 최선을 다해야 먹고사는 데 지장이 없기 때문이다.

그녀들은 그의 한마디에 홀러덩 옷을 벗어던졌고, 룸살롱의 분위기는 점점 더 달아올랐다.

*   *   *

이른 새벽, 술에 만취한 염상철이 갈지자로 비틀거리며 골목길을 걸어가고 있다.

"딸국!"

그는 술에 떡이 되었음에도 불구하고 자신의 속주머니에 있는 무기명채권을 마치 신줏단지처럼 만지작거렸다.

염상철의 주머니에 들어 있는 돈은 총 45억, 모두가 무기명

채권임을 감안한다면 그 이상의 가치가 있다고 볼 수 있었다.

그 밖에도 약 300만 원 상당의 현금이 들어 있었는데, 그것은 전부 그의 유흥비였다.

오늘 그렇게 돈을 뿌려대고도 무려 300만 원이나 남은 것이다.

"크흐흐, 이 돈으로 뭘 할까나?"

오늘 그는 매형에게 아주 솔깃한 제안을 받았다.

무기명채권 45억을 회사 주거래 은행 창고에서 꺼내어 내일 그가 지정한 은행의 창고로 옮기는 대신 그 안에 들어 있는 현금 1,500만 원을 술값으로 쓰라는 것이었다.

자세한 내막은 알 수가 없지만, 어쨌든 그는 이 엄청난 제안을 받고는 당장 수락했다.

세상에 어떤 사람이 1,500만 원이라는 돈을 거저 준다는데 싫다고 하겠는가?

그는 오늘 받은 돈을 룸살롱에서 거의 다 탕진하고 남은 300만 원으로 무엇을 할지 곰곰이 생각해 보았다.

"흠……."

가만히 생각에 잠겨 있던 그는 이내 집안 돈을 거의 다 끌어다 바친 불법 도박장을 떠올렸다.

그곳은 그가 고등학교를 졸업할 때부터 다닌 곳으로 이곳에 가져다 바친 돈만 해도 10억은 넘을 것이다.

매일 갈 때마다 돈을 잃지만 가뭄에 콩 나듯이 한 번 따는 돈 때문에 도박을 끊을 수가 없었다.

술도 얼큰하게 취했겠다, 그는 이내 도박장으로 전화를 걸었다.

―어이, 상철이. 잘 지냈나?

"물론이지. 오늘 자리 있어?"

―자리야 항상 있어.

"오늘 판때기는 어디야?"

―대촌동에서 한판 치는데, 올 거야?

"응, 금방 갈 테니까 칩 좀 준비해 줘. 좋은 자리도 좀 봐주고."

―하하, 그래. 내가 호구 한 명 봐놨으니까 빨리 와.

"오케이, 좋았어! 딱 기다려!"

그는 잽싸게 택시를 잡아타고 대촌동에 위치한 한 원룸촌으로 향했다.

*　　*　　*

다섯 개의 건물이 연달아 붙어 있는 대촌동의 원룸촌.

이곳은 광주 독사파에서 운영하는 도박장이다.

독사파는 총 50개 정도의 불법도박장을 운영하고 있었는데, 전라도 지역 곳곳에 산발적으로 포진되어 있다.

경찰의 단속에 적발되면 폐기하고 다른 곳에 다시 도박장을 펴는 식으로 일명 '하우스'를 운영하고 있는 것이다.

50개의 하우스 중 하루에 총 열다섯 곳이 운영되는데, 한 군데에서 도박을 하고 나면 다음 날엔 다른 곳에 다시 도박장을 폈다.

그렇게 되면 전일 도박을 한 곳은 청소와 함께 내부 수리 등을 거쳐 새롭게 단장하고 미리 마련해 놓은 도박장에 다시 사람을 들이는 것이다.

때문에 도박장을 관리하는 사람에게 직접 연락을 하지 않으면 과연 어디서 도박판이 열리는지 알 길이 없었다.

염상철은 무려 10년이 넘게 독사파에서 운영하는 하우스에 들락거렸다.

가끔 참여 의사를 묻는 전화가 오기도 하는데, 이 정도로 그를 관리한다는 것은 그가 꽤 오래된 단골이라는 뜻이다.

담배 연기가 자욱한 원룸촌 안.

이곳은 한 층에 40평 규모의 도박장이 펼쳐져 있었다.

녹색 도박판에는 겹겹이 쌓인 도박장 전용 칩이 놓여 있고, 그 옆에는 도박꾼들이 피운 담배가 수북이 쌓여 있었다.

매캐한 도박장 냄새는 염상철의 피를 한껏 끓어오르게 만들었다.

"흐음! 그래, 바로 이거지!"

"왔어? 금방 왔네?"

도박장을 운영하는 넙치가 그를 안쪽으로 안내했다.

"빨리 와. 이런 호구 흔하지 않아."

"그 정도야?"

"그렇다니까! 내가 호구 잡았다고 말하는 것 봤어?"

"흠, 그건 그렇지."

"일단 한번 들어가 봐. 왜 호구인지 알게 될 테니까."

도박장 안에는 검은색 정장을 입은 한 사내가 앉아 있었는데, 아주 말끔하게 생겨선 상당히 점잖게 도박을 즐기고 있었다.

"1땡."

"2땡이네요. 어쩌죠?"

"후후, 별수 있습니까? 드십시오. 전 괜찮습니다."

이윽고 그는 넙치를 불렀다.

"저기, 사장님?"

"예, 손님."

"가서 이 돈 좀 바꿔다 주십시오. 제가 일어나면 끗발이 떨어질 것 같아서 말입니다."

"하하, 알겠습니다! 담배는 안 필요하시고요?"

"말보로 레드 한 보루 부탁합니다."

"네, 알겠습니다!"

바로 그때, 노름꾼 특유의 끼가 발동한 염상철이 그가 환전을 부탁한 돈을 슬쩍 훔쳐보았다.

'일, 십, 백, 천… 이, 일억?!'

그는 일억이라는 돈을 건네면서도 한 점 흔들림이 없었다.

이런 경우엔 딱 두 가지로 사람을 분류할 수 있었다.

저 사람은 마빡에 돈이 튈 정도로 많거나 돈을 잃은 분노를 속으로 삭이고 있는 것이다.

이것은 염상철이 처음 도박장에 왔을 때 한 행동이다.

'하수 중의 하수군. 후후, 오늘 진짜 한 건 하겠는데?'

그는 300만 원으로 마련한 칩을 모포 위에 올려놓으며 말했다.

"실례 좀 하겠습니다. 괜찮다면 앉아도 될까요?"

"물론이지요. 앉으십시오."

총 네 명이 앉은 도박판에는 아주 낮게 깔린 정적이 흐르고 있었다.

이렇게 무거운 정적이 흐른다는 것은 누군가 한 명이 계속해서 돈을 잃고 있다는 증거이다.

잘못하면 칼부림도 서슴지 않는 도박판에서 잘못해서 잃는 쪽을 도발하면 큰일이 나고 만다.

사람을 두들겨 패는 것은 물론이고 손가락을 잘라서 돈을 대신하는 판국에 도발은 쉽사리 쓸 수 없는 무기다.

꽤 많은 돈을 잃은 그의 맞은편에 앉은 염상철은 바닥에 놓인 칩을 가지런히 모아놓곤 이내 담배부터 한 대 피웠다.

"후우!"

담배를 피우면 분위기는 한 바퀴 전환되고, 돈이 도착할 때까지 어색함을 달랠 수 있다.

잠시 후, 도박판에 1억 원에 달하는 판돈이 전달되었다.

"그럼 즐거운 시간 되십시오."

"예, 알겠습니다."

넙치는 이내 모습을 감추어 버렸고, 이제 드디어 염상철이 고대하고 고대하던 도박판이 열렸다.

"섯다로 치고 있었지요?"

"네, 그렇습니다."

"룰은 어떻게 됩니까?"

"장땡은 사구파토 나도 먹는 거고, 개평 없고, 상한가 없고, 이렇게 룰을 정했습니다."

"좋습니다. 그대로 치시죠."

그는 룰까지 숙지해 놓곤 본격적으로 도박판에 뛰어들었다.

*   *   *

아침 일곱 시, 염상철은 무려 4억이라는 돈을 땄다.

돈을 모두 잃은 도박꾼들은 하나둘 자리에서 일어섰고, 남은 사람은 호구와 염상철, 그리고 조금 안면이 있는 도박꾼 정한수였다.

연거푸 3억 5천만 원이나 잃은 호구는 드디어 흐트러지는 모습을 보였다.

"후우! 오늘 참 끗발이 안 받는군요. 이렇게 쇠복이 없어서야 원……."

"도박은 파도 아닙니까? 오늘 잃으셨으면 내일은 따겠지요."

"그럴까요?"

고개를 숙인 호구, 그러다 그는 문득 종목을 바꾸자고 제안했다.

"혹시 괜찮으시면 고스톱으로 종목을 변환하면 어떻겠습니까?"

"저야 괜찮지요."

그만 자리에서 일어서려던 정한수 역시 다시 그 자리에 엉덩이를 붙이고 앉았다.

"전주가 치자는데 집에 가면 그게 사람입니까? 한판 칩시다."

"감사합니다."

이윽고 그들은 넙치에게 판을 바꾸겠다는 신호를 보냈고, 넙치는 고스톱 전용 화투를 가지고 왔다.

"사장님, 끗발이 잘 안 받으십니까?"

"뭐, 그러네요."

"그럼 옆방에서 커피나 한잔하고 오시지요."

"그래도 됩니까?"

"물론이지요."

이내 그는 스트레스 받은 몸을 이끌고 빈 방으로 향했다.

"좋은 시간 보내고 오십시오."

"네, 감사합니다."

도박장에 있는 방은 대부분 윤락 여성들이나 윤락 남성들을 불러 쌓인 욕구를 해결하기 위해 사용된다.

아마 커피를 마시는 시간보다는 조금 더 길게 용무를 보고 올 것이다.

넙치는 그사이에 자리에 앉아 수다를 떨기 시작했다.

"큭큭큭! 어때? 죽이지?!"

"그렇군. 도대체 저런 호구는 어디서 데리고 왔어?"

"내가 데리고 온 것 아니야. 서울에서 누가 소개시켜 줘서 왔대."

"그렇군."

염상철과 정한수는 넙치에게 딴 돈의 10%를 지불했다.

"고마워."

"별말씀을."

이렇게 무지막지한 돈을 땄으니 서로 상부상조하는 의미로 개평을 주는 것이다.

잠시 후, 호구가 조금 밝아진 얼굴로 자리에 앉았다.

"후, 좀 살 것 같군요."

"자, 그럼 바로 시작하실까요?"

"그러시죠."

패를 잡은 호구는 바닥에 석 장의 화투를 깔았다.

이것을 뒤집어 가장 높은 패가 나오는 사람이 이번 판의 선을 잡는 것이다.

따악!

"좋군! 제가 선입니다!"

"그렇군요."

호구는 선을 잡아 신이 났는지 아주 경쾌하게 패를 돌렸다.

착착착착!

그런데 그의 손놀림이 아까와는 사뭇 다른 것 같았다.

'뭐지? 질펀하게 쏟아내고 와서 손이 풀렸나?'

하지만 사기도박은 여지없이 잡히는 하우스에서 손은 빨라봐야 소용이 없다.

이윽고 각 일곱 장의 패가 다 돌아갔다.

'오오, 좋군.'

처음 패를 받은 그는 출발이 나쁘지 않다고 생각했다.

세 명이 패를 나누어 치는 고스톱에서 패가 적당히 잘 들어왔다는 것은 거의 필승을 의미한다.

만약 그게 아니라면 점수를 크게 맞아도 어느 정도는 방어가 가능하다.

이내 호구는 눈치를 보더니 첫 패를 던졌다.

따악!

첫 패는 모란, 2점으로 인정하는 쌍피로 1점짜리 패를 맞추고 서플 패를 뒤집는다.

쉬익, 타악!

"어, 어라?"

그런데 같은 패가 연속으로 나와서 뻑이 되어버렸다.

첫 판부터 점수를 따오지 못한 것이다.

"이런……."

"그럼 이번엔 제가……."

곧바로 패를 던진 염상철은 기분 좋게 연달아 3점을 획득했다.

딱딱딱!

"으음, 출발이 좋군요."

"그러게 말입니다."

아무래도 그는 오늘 최고 기록을 경신할 모양이다.

고스톱이 두 판 돌았을 때, 염상철은 무려 3천만 원이라는 돈을 챙겼다.

그는 하도 돈을 많이 따서 호구에게 미안한 마음까지 들었다.

그때,

"…판 돈 좀 올립시다."

"그럴까요?"

지금 판돈은 점당 50만 원, 여기서 돈을 올린다는 것은 점에 100만 원으로 올라간다는 뜻이다.

하지만 지금까지 돈을 많이 땄으니 거부하기란 쉽지 않았다.

이윽고 선을 잡은 그가 패를 돌렸다.

탁탁탁!

그리고 시작된 도박, 그는 첫 패를 던져 셔플했다.

"어, 어라?"

그러나 그는 아까 호구와 비슷한 처지로 첫 뻑을 기록했다.

"뻑이군요. 첫 뻑은 300만 원을 드려야 하지요?"

"네, 그렇지요."

"받으십시오."

칩을 건넨 호구는 곧장 패를 들어 점수를 취득하기 시작했다.

따악, 따악!

그는 한 번에 광(세 개를 모으면 3점, 5개를 모으면 15점)을 두 개나 가져갔고, 그 이후엔 추가로 2점을 취득했다.

"오오, 첫발이 좋군요."

"그러게 말입니다."

광을 두 개나 가져갔다고 있다는 것은 곧 날 수도 있다는 뜻이다(고를 외칠 수 있는 권한).

바로 그때, 정한수는 뜻하지 않게 호구에게 기회를 만들어 주었다.

"이, 이런……."

그 역시 뻑을 기록했는데, 그 안에는 광이 들어 있었다.

만약 이것을 호구가 가지고 가면 꼼짝없이 판이 뒤집힌다. 다급해진 그는 곧장 패를 냈다.

따악!

하지만 그는 패를 먹지 못했고, 다음 호구로 기회가 넘어갔다.

호구는 광이 들어 있는 뻑해 놓은 것을 취했다.

딱!

"한 장씩 주시지요."

"네."

그리고 그는 더 볼 것도 없다는 듯 고를 외쳤다.

"원 고!"

그가 원 고를 외치고 나자 판은 급박하게 돌아가기 시작했다.

두 사람 모두 딱히 패를 가지고 있지도 않은데 벌써 고를 외친 것이다.

'제, 제기랄!'

이어서 내린 패를 헛손질한 두 사람은 호구에게 다시 기회를 넘겼다.

따악!

이번에는 보너스 패를 연거푸 두 번이나 뒤집더니 염상철의 패가 호구에게 넘어갔다.

"투 고!"

불과 두 번 패가 돌았을 뿐인데 투 고에 양쪽 피박, 광박(피와 광이 없음. 각각 판 돈 세 배) 상황이 되어버렸다.

'제, 젠장!'

그는 다급하게 다시 패를 냈지만, 여전히 패는 나오지 않았다.

바로 그때, 호구가 11번 오동 석 장을 흔들며 말했다.

"똥 흔들면 세 배라고 하셨지요?"

"그, 그렇지요?"

이제 피박에 광박, 오동을 석 장 가지고 있다는 것을 알려 판돈이 뛰었다.

그는 오동을 흔든 후 그것을 광으로 취하고 나머지 12번 비광까지 싹쓸이했다.

"쓰리고!"

5광은 15점, 거기에 쓰리고는 판돈이 두 배로 뛴다. 그러니까 지금 판돈은 24배가 된 것이다.

이미 정한수는 딴 돈을 모두 잃게 생겼고, 조금만 더 지나면 1억은 금방 깨질 것이다.

두 사람은 화급히 패를 내어 다음 턴을 기다렸다.

따악!

하지만 역시 아무런 패를 먹지 못했고, 호구는 연달아 고도리(새 세 마리. 5점)에 청단, 홍단(각 3점)까지 했다.

"포 고!"

포 고는 판돈에 두 배를 더 올리게 된다. 그러니까 지금 판돈은 벌써 48배까지 뛴 것이다.

'이런 미친?!'

그리고 또 한 바퀴. 두 사람은 연거푸 헛손질을 했고, 호구는 판돈 두 배인 멍따까지 완성했다.

"파이브 고! 멍따도 완성했습니다!"

이렇게 되면 192배까지 판돈이 뛸 것이고, 점수는 무려 60점에 육박한다.

망연자실한 두 사람은 힘없이 남은 패를 모두 냈고, 이내 호구는 판을 마무리했다.

따악!

이제 정말 판은 끝이 났고, 호구는 계산기도 없이 암산으로 점수를 계산하기 시작했다.

"보자⋯⋯. 파이브 고에 광박, 피박, 멍따, 똥 흔들고… 여기까지 해서 점수가 총 70점이니까 134억 4천만 원 되겠군요."

"⋯⋯."

도박판에서 진 빚은 아무리 터무니없어도 전부 다 갚아야만 하우스를 빠져나갈 수 있다.

이것이 바로 하우스의 룰이며, 하우스를 관리하는 사람 또한 그에 상응하는 대가를 받아낼 수 있기 때문이다.

"사장님, 이리 좀 와보십시오."

넙치는 호구의 부름에 한달음에 달려와 고개를 숙였다.

"부르셨습니까?"

"보이시죠? 이렇게 났습니다. 돈을 다 받아내야겠지요?"

"100억이 넘는군요. 우수리(잔돈)는 안 떼어주실 겁니까?"

"134억을 제외한 4천만 원은 사장님께 팁으로 드리지요. 우수리는 가지십시오."

"감사합니다."

"가, 강 실장?"

넙치는 친근하게 굴던 안면을 180도 바꾸어 그를 빚쟁이로 대하기 시작했다.

"돈 갚으셔야지요?"

"그, 그게……."

자꾸 말을 더듬는 그를 바라보던 호구는 이내 자리에서 일어나 그의 얼굴을 주먹으로 냅다 후려쳤다.

퍼억!

"크헉!"

"이런 개새끼를 보았나! 도박장에서 돈 못 갚으면 어떻게 되는지 안 배웠어?"

순간 그는 주머니에서 커다란 박도를 꺼내 들었다.

"사장님, 내가 이 새끼 엄지손가락 하나 잘라도 괜찮겠지요?"

"물론입니다."

"자, 잠깐! 잠깐만요!"

"더 할 말이 남았나?"

순간 염상철은 자신도 모르게 주머니에 있던 무기명채권

을 모두 바닥에 내려놓으며 외쳤다.

"이, 일단 반이라도 먼저 갚을게요! 그러니 목숨만은 살려 주십시오!"

"보자……. 45억? 이게 어떻게 절반이야? 네 눈알은 동태 눈알이냐?"

"그, 그게 아니고……."

그는 염상철과 정한수의 손을 꽁꽁 묶어 포박한 후 남은 칩을 다 현금으로 바꾸어 도박장을 나섰다.

"환전해 주십시오."

"예, 손님. 수수료는 1%입니다."

"여기 13억입니다. 이 정도면 됐지요?"

"물론입니다."

이윽고 그는 두 사람을 데리고 하우스를 나섰고, 넘치는 잽 싸게 하우스를 정리하기 시작했다.

*　　*　　*

광주 인근 무등산.

이곳에 멍투성이가 된 염상철과 정한수가 무릎을 꿇고 앉아 있다.

그들은 나무 방망이를 들고 선 강수에게 두 손이 발이 되도록 싹싹 빌고 있었다.

"흑흑, 제발 목숨만은 살려주십시오!"

"어차피 죽이고 싶어도 못 죽여. 빚을 다 받아내야 죽이든 말든 할 것 아니야?"

45억을 갚고도 80억 넘게 빚을 못 갚은 염상철은 이미 제정신이 아니었다.

도박판에서 돈을 못 치른다는 것은 자신의 몸이 이미 남의 것이라는 소리다.

이렇게 몸에서 장기를 떼이고 평생 노예계약까지 덤으로 얹어가는 경우를 속칭 '빨래질'을 당했다고 표현한다.

그는 10년 동안 무탈(?)하게 도박을 해오다가 이번에 아주 제대로 똥을 밟은 것이다.

하지만 그런 사정을 봐줄 강수가 아니었다.

"자, 말해봐. 빚은 어떻게 갚을 거야?"

"자, 장기를 팔아서라도……."

"지금 나랑 장난하자는 거냐? 어떤 사람의 몸뚱어리가 80억이나 해? 네 뼈에는 금이라도 들어 있다던?"

"그, 그게……."

"됐고, 말 그만 더듬고 앞으로 네가 빚을 갚을 수 있는 방안에 대해서 한번 생각해 보자고."

강수는 그에게 차용증을 하나 내밀었다.

"자, 서명해. 여기에 서명하면 빚을 차근차근 갚을 수 있도록 해주지."

"어, 어떻게 말입니까?"

"나의 노예가 되는 것이다."

"노, 노예라면⋯⋯."

"내가 시키는 일이라면 목이라도 매달아야 한다는 소리지. 앞으로 평생 나의 노예로 살아간다면 이 80억은 없는 것으로 해주겠어."

"저, 정말입니까?!"

"단, 나에게 반항하거나 나를 실망시키는 일을 한다면 가차 없이 네놈의 모가지를 따버릴 것이다. 알겠어?"

"가, 감사합니다!"

그는 이제 갈 곳도 없는 떠돌이에다 희망도 없는 막장인생이 되었다.

그런 그가 80억이라는 무지막지한 돈을 다 갚자면 평생 탄광에서 썩어도 모자랄 판이다.

하지만 평생 동안 노예로 살아가라니 장기를 적출당하지 않은 것만으로도 감사해야 할지, 아니면 슬퍼해야 할지 알 수가 없었다.

그러나 일단 목숨을 건졌다는 것이 중요했다.

이제 그는 앞으로 강수의 충실한 노예가 되어 평생을 헌신하며 살아가야 할 것이다.

* * *

늦은 오후, 강수는 광주 시내에 있는 한 술집으로 청미와
진욱을 불러냈다.

두 사람이 술집에 도착했을 때엔 다소 움츠러든 듯한 염상
철과 강수가 나란히 의자에 앉아 있었다.

그들은 얼굴 이곳저곳에 멍이 든 염상철을 바라보며 고개
를 갸웃거렸다.

"뭐예요? 이 사람 왜 이래요?"

"그럴 만한 사정이 있습니다. 그렇지 않아?"

강수는 그의 어깨를 두드리며 슬며시 미소를 지었다.

그러자 염상철은 마치 못 볼 것이라도 보았다는 듯이 몸을
덜덜 떨어대기 시작했다.

"그, 그, 그, 그렇지요! 주인님께선, 아, 아니, 사장님께선
좋으신 분이니까요!"

"…정신이 좀 이상해진 것 같은데?"

"아, 아닙니다! 난 멀쩡해요! 진심입니다!"

이젠 강수의 노예가 되어버린 염상철이 두 사람에게 비자
금 장부와 함께 횡령한 45억의 무기명채권을 건네며 말했다.

"이, 이것을……."

"이게 뭔가요?"

"지금까지 부사장이 사장님 몰래 빼돌린 돈입니다. 무기명 채권은 전대 사장님께서 당신에게 남기신 유산이고요."

"유산이요?"

청미가 알기로 아버지의 유산은 회사 하나밖에 없었다.

법인으로 묶여 있는 회사 재산은 모두 회사 자체에 귀속되어 있기 때문에 그녀에게 남은 것이라곤 오로지 회사 지분뿐이었다.

단 1만 원의 현금도 전달되지 않았거니와 부동산이나 동산 또한 아무것도 없었다.

"그렇다면……."

"임형석이 당신에게 돌아갈 유산을 죄다 가로챈 겁니다. 그중에 1,500만 원은 이놈의 아가리로 들어갔고요. 이놈을 잡고 보니 룸살롱에서 그 돈을 다 뿌렸다고 하더군요. 아마도 증거인멸을 위한 것이겠지요."

"…이런 천인공노할 놈이 다 있나?!"

이로써 그가 회사를 좀먹고 있다는 정황이 모두 다 드러났다고 할 수 있었다.

강수는 이진욱을 바라보며 물었다.

"어떻습니까? 이젠 나를 좀 믿을 수 있겠어요?"

"…인정하긴 어렵지만 정말 당신이 한 말은 지킨다는 것쯤은 알 수 있을 것 같습니다."

"그럼 되었습니다."

이제 강수는 본격적으로 이들에게 통쾌한 복수를 할 시간이 다가왔음을 느꼈다.

"선택지를 드리겠습니다. 저들의 돈을 모두 빼앗아 노년에 노가다나 뛰도록 만들까요, 아님 횡령한 돈 토해놓고 멀쩡히 살아가도록 해드릴까요?"

"전자가 낫겠네요."

"후후, 그래요. 나도 그렇습니다. 나쁜 짓을 했으면 벌을 받아야지요. 그래야 정의가 조금은 실현되지 않겠어요?"

강수가 내릴 심판의 철퇴가 임형석 일당에게 드리워지고 있었다.

제5장
숙청

　이른 아침, 거나하게 술에 취한 염상철이 임형석의 집을 찾아왔다.

　쾅쾅쾅!

　아직 아침을 먹지도 않은 시각에 머리끝까지 술에 취한 염상철은 다짜고짜 임형석을 불러냈다.

　"매형! 매혀어엉!"

　술에 취해 혀가 꼬이고 말꼬리가 길어져 영락없는 고주망태가 따로 없었다.

　이제 자리에서 일어나 이부자리를 정리하고 있던 임형석

이 잔뜩 찌푸린 얼굴로 현관문을 열고 나왔다.

"상철이?!"

"헤헤, 매형! 어서 문 좀 열어봐요! 우리 조카들 좋아하는 치킨 사왔다고요!"

"이런 미친놈! 도대체 넌 언제쯤 정신을 차릴래?"

"어허, 매형! 남자는 죽을 때까지 철들지 않아요! 그건 매형도 마찬가지 아니에요?!"

"뭐? 이 자식이 근데……!"

임형석은 일단 상철의 멱살을 잡고 집 안으로 데리고 들어왔다.

아무리 뻔뻔한 임형석이라고 해도 아침 댓바람부터 술에 취한 처남이 술주정 부리는 모습을 동네 사람들에게 보여줄 수는 없었다.

"…젠장! 일단 들어가자!"

"헤헤, 헤헤헤!"

"으윽, 냄새! 도대체 술을 얼마나 마신 거야?!"

입을 벌릴 때마다 술 냄새가 진동하는 것을 보아하니 한두 잔 마신 것 같지는 않았다.

그를 집 안으로 데리고 들어온 임형석이 아내 염상희에게 짜증 섞인 말투로 외쳤다.

"여보! 잠깐 나와 봐!"

"왜요?"

밥을 하다 말고 거실로 나온 염상희가 화들짝 놀라 동생 상철을 부축했다.

"어머나! 상철아!"

"헤헤, 누나! 나 왔어! 애들은 다 어디 있어?!"

"어디 있긴, 이제 일어나서 학교 갈 준비하고 있지."

"헤헤, 그래?"

임형석은 두 남매를 바라보며 한심하다는 듯이 말했다.

"도대체 처남은 누구를 닮아서 저 모양이야?! 당신, 저놈이 인간처럼 살 거라면서? 도대체 이게 뭐야?"

"죄송해요."

처음 염상희가 시집왔을 때부터 임형석은 그녀의 집안을 무시하고 괄시했다.

아마 처남이 돈을 잘 벌었다면 이런 대접은 받지 않았을 것이다.

"어휴! 이거야 원, 이사진들 볼 낯이 없어! 재무이사라는 놈이 만날 술이나 처마시고 다니다니 말이야!"

"헤헤, 헤헤헤!"

아침부터 짜증으로 가득 차 있던 임형석에게 상철이 슬그머니 다가와 속삭였다.

"…이따가 방으로 좀……."

"뭐?"

그리곤 이내 창고로 쓰는 방으로 들어가 버린 상철을 바라보며 형석은 괜히 헛기침을 해댔다.

"크, 크흠! 거참."

"…다시는 이런 일 없도록 할게요."

"됐어! 아침이나 먹자고!"

그는 곧장 상철을 따라서 방으로 들어갔는데 상철이 아주 멀쩡한 얼굴로 그를 맞이했다.

"매형, 아침부터 실례 많았어요."

"뭐야? 왜 그런 술주정을 부린 거야?"

"보는 눈이 많잖아요. 회사에서 이것을 건네기엔 좀 위험 부담이 있고 가족들이 멀쩡히 깨어 있을 때 건네긴 눈치가 보이고요. 또 저쪽에서 무슨 짓을 하고 있을지 알 수 없는 일이고요."

"흠, 그건 그렇군."

"제가 술에 취해서 돌아다니면 그냥 주정이나 부리는 줄 알지, 통장을 건넨 줄 알겠어요?"

"그래, 그건 자네 말이 맞는 것 같군."

상철은 그에게 스위스 은행 계좌로 된 통장을 건넸다.

"매형이 주신 계좌로 송금하려다 이편이 더 나을 것 같아서 방법을 바꾸었어요. 괜찮지요?"

"믿을 만한 계좌지?"

"물론이죠. 한번 확인해 보세요."

그가 건넨 통장은 스위스 중앙은행에서 발행한 유료 계좌가 적혀 있었다.

연회비를 지불해야 하는 불편함이 있지만 스위스 은행은 그 어떤 방법으로도 계좌 추적이 불가능했다.

때문에 아주 옛날에는 비자금 조성을 위한 불법 송금 등에 이용되기도 했다.

하지만 요즘은 그 절차가 상당히 복잡해져서 비자금을 숨기기 위한 악성 계좌 개설이 그리 쉽지만은 않았다.

그렇지만 한 번 계좌를 개설하면 그 이후론 큰 신경을 쓰지 않아도 된다는 장점이 있었다.

임형석은 스위스 은행의 직인이 찍혀 있는 통장을 확인하곤 이내 미소를 지었다.

"후후, 오랜만에 제대로 일을 처리했군."

"저도 가끔은 쓸 만한 구석이 있어야 하지 않겠어요?"

"그래, 그래. 이번 일은 확실히 자네가 옳았어. 수고했네."

"별말씀을요."

두 사람은 아주 오랜만에 아주 화기기애애한 분위기를 자아냈다.

　　　　　*　　　*　　　*

　다음 날 아침, 청미식품 이사회에 상철이 정식으로 얼굴을 내비쳤다.

　모든 이사진과 사장 김청미까지 함께하는 아침 회의에 그가 얼굴을 내비친 것은 조금 늦은 감이 있었다.

　하지만 임형석의 절대 권력 앞에 모든 이사진은 그저 꼬리를 말고 자세를 낮추기에 바빴다.

　"안녕하십니까? 염상철입니다."

　"하하, 아주 말끔하게 생겼군! 암, 남자는 저렇게 생겨야지!"

　"그러게 말입니다. 생긴 것도 참 잘생겼군요."

　아직 그의 집무 실력에 대한 평가는 할 수 없으니 일단 외모만이라도 좋게 평가를 하고 싶은 모양이었다.

　청미와 진욱 역시 이사진과 함께 마지못해 그를 반기는 눈치다.

　"반가워요."

　"잘 부탁드립니다. 앞으로 열심히 하겠습니다."

　"그래요."

　동네에서 백수건달에 술주정뱅이로 소문이 난 염상철은 한심한 남자의 표상으로 통했다.

그런 그가 재무이사로 취임한다는 것이 썩 달가울 리 없지만 일단 엎질러진 물은 어쩔 수 없다는 표정이다.

임형석은 그런 두 사람을 바라보며 회심의 미소를 지었다.

'그래, 그렇게 나의 꼭두각시로 멍청하게 그 자리만 지켜다오. 후후.'

그는 이제 자신이 원하는 대로 일을 몰고 가 온전한 자신의 회사를 세우게 될 것이다.

그때까진 기쁜 마음도 감추고 뒤에서 천천히 칼을 갈아야 한다.

임형석은 시종일관 무표정한 얼굴로 회의를 바라보고 있었다.

*   *   *

강수는 염상철이 임형석의 신임을 얻을 수 있도록 아주 교묘하게 위조된 스위스 은행 통장을 건네주었다.

염상철은 일부러 술에 취한 척하면서 주의를 끌고, 그와 동시에 아주 비밀스럽게 통장을 임형석에게 건넸다.

평소 염상철은 그 어떤 일에서도 침착한 적이 없던 사람이니 이번 통장 전달로 인해 분명 점수를 많이 땄을 것이다.

또한 이사회에 얼굴까지 비추었으니 그들이 염상철을 인

정하고 받아들이는 것은 당연한 일이었다.

이제 강수는 임형석이 어떤 방식으로 폭탄돌리기를 실행할 것인가를 조사해야 했다.

청미식품 근처에 위치한 분식집.

이곳에서 강수와 염상철이 밀회를 가졌다.

그는 지금까지 임형석이 어떻게 움직이고 있는지와 앞으로의 행보에 대해서 설명했다.

"정확한 것은 더 알아봐야겠지만 앞으로 일주일 정도 지속적인 무상증자가 이뤄질 것이라고 합니다."

"무상증자를?"

"네, 그렇습니다."

일주일간만 무상증자를 한다는 것은 전체적인 주식의 수를 늘려 지분율을 중구남방으로 배분시키려는 의도이다.

이렇게 일주일간 무상으로 마구 증자를 해대면 대표이사의 주식이 일부 낮아져 경영권 방어가 어려워진다.

그 이후 적대적 인수합병을 통하여 회사를 인수하면 청미식품은 완전히 임형석의 것이 되는 것이다.

그러고 난 후엔 회사를 되팔아서 시가총액보다 조금 더 큰 값을 챙기면 끝이다.

이렇게 한 바퀴 회전을 거치게 되면 회사는 거의 산산조각이 나서 그 명맥이 끊어지고 말 것이다.

하지만 그것은 모든 것이 임형석의 뜻대로 돌아갈 때의 얘기다.

강수는 그에게 받은 45억을 고스란히 담아놓은 미국계 은행 계좌 통장을 건넸다.

"이것을 가지고 있다가 놈이 의심을 할 것 같으면 투자금을 모으는 중이라고 하면서 보여줘."

"45억 전부를 말입니까?"

"아니, 금액이 아주 똑같으면 의심할 테니까 일단 20억만 먼저 보여줘. 그리고 아주 조금씩 돈이 모이고 있다고 40억까지만 보여주면 너를 신뢰하지 않을 수 없을 거다."

"그렇군요."

강수에게서 통장을 건네받은 염상철은 뭔가 하나 걸리는 것이 있다는 듯이 물었다.

"그나저나 돈만 모인다고 그가 과연 이 작전을 믿어줄까요? 주가가 변동이 없는데 말입니다."

"주가는 움직인다. 대표이사를 제외한 모든 이사진이 부사장을 밀어줄 것이거든."

"하지만 제가 그들을 설득하기란 불가능할 겁니다만?"

"그에 대해선 걱정하지 않아도 된다. 이들은 김청미 사장이 알아서 설득할 것이거든."

"아하, 그러니까 김청미 사장이 뒤에서 손을 써놓으면 저는 그에 맞도록 연기만 하면 되는 것이군요."

"그래, 이제야 말이 좀 통하는군."

"헤헤, 제가 원래 잔머리 하나는 잘 돌아갑니다."

"그렇군."

강수는 그에게 핸드폰을 하나 건네며 말했다.

"이것을 항상 가지고 다녀라. 만약 이것을 잃어버리거나 일부러 전원을 꺼놓으면 네놈의 목숨은 없다."

"만약 배터리가 방전되거나 전화를 못 받을 상황이 되어버린다면······."

"그래도 죽는 거다."

그는 강수가 과연 어떤 사람인지 누구보다 더 잘 알고 있었다.

"허튼짓거리는 아예 할 생각도 안 하는 것이 네 목숨을 부지하는 데 도움이 될 거다. 알겠나?"

"예."

이 세상에서 가장 효과가 좋은 통치법은 역시 공포정치다.

염상철은 강수가 준 핸드폰을 마치 신줏단지 모시듯 주머니에 집어넣곤 그것을 계속 만지작거렸다.

* * *

이사회 다음 날, 청미는 자신을 지지하는 이사진과 주주들을 모두 끌어모았다.

지금 청미가 가진 지분과 이들이 가진 지분을 합친다면 경영권을 방어할 수 있을 것이다.

하지만 이들이 모두 빠져나간다면 경영권을 빼앗긴다고 해도 전혀 이상할 것이 없었다.

그녀는 자신을 믿고 모인 이 많은 사람 앞에서 돌연 경영권 포기에 대한 얘기를 꺼냈다.

"저는 이 회사를 포기할 겁니다."

"뭐, 뭐요?!"

순간, 몇몇 이사와 주주들이 자리를 박차고 일어섰다.

"그 무슨 말도 안 되는 소리입니까?! 사장님께서 이 회사를 어떻게 일구셨는데 그런 소리를 한단 말입니까?!"

"사람이 물러날 때도 알아야 하는 법입니다. 저는 이쯤에서 물러나 다른 사람에게 회사를 넘겨주어야 한다고 생각합니다."

"말도 안 되는 소리!"

청미는 자신이 왜 이 회사를 포기해야 하는지에 대해 설명했다.

"제가 떠난다고 해서 이 회사가 없어지는 것은 아닙니다.

그저 회사를 경영할 오너가 바뀌는 것뿐이지요."

"그게 그거지. 오너가 없어지는데 이게 다 무슨 소용입니까?!"

이들은 청미식품이 동네 구멍가게에 식품을 납품하던 시절부터 함께한 원로 중의 원로들이었다.

나이가 지긋하게 먹은 만큼 상당히 고지식한 면모를 가지고 있었다.

당연히 청미식품엔 전대 대표이사의 성씨를 가진 청미가 이어야 한다고 생각한 것이다.

만약 그녀가 경영에서 손을 뗀다면 당연히 이들은 이 회사에 대한 투자를 거두어들일 것이 분명했다.

청미는 주주와 이사진 앞에 무릎을 꿇었다.

털썩!

"기, 김 사장?"

"저를 한 번만 믿어주십시오! 저를 믿고 저 사람들에게 주식을 판매해 주십시오! 그리고 일이 잘 처리된다면 다시 청미식품을 일으켜 세우겠습니다!"

"허, 허어!"

이들은 도대체 왜 청미가 무릎까지 꿇으면서 회사를 넘기려는 것인지 도무지 알 수가 없었다.

하지만 이들을 설득하는 사람은 청미 한 명이 아니었다.

"절대로 허무맹랑한 소리가 아닙니다."

순간, 이사진 사이로 모습을 드러낸 강수에게 이목이 집중되었다.

"자네는 또 누구인가?"

"이강수라고 합니다. 중국과 일본에서 건설사업과 원자재상을 운영하고 있습니다."

"그런데 자네가 이곳엔 어쩐 일로 온 것인가?"

"여러분께 우리의 미래에 대해 설명하고자 합니다. 그래서 결례를 무릅쓰고 이곳을 찾았습니다."

"미래라?"

강수는 그들에게 인도네시아에 위치한 다이아몬드 광산에 대한 팸플릿을 전달했다.

이사진은 팸플릿을 받아 들곤 이내 고개를 갸웃거렸다.

"이게 도대체 뭔가? 우리더러 이곳에 투자하란 말인가?"

"아닙니다. 이것으로 역적 임형석과 그 측근을 모두 다 쳐낼 겁니다."

그는 이들에게 자신이 건네준 팸플릿이 과연 어떤 물건인지 설명했다.

"보시는 바와 같이 이 광산은 상당히 전도유망한 다이아몬드 광산입니다. 수익률이 무려 45%에 육박하는 노다지 중의 노다지입니다. 지질학 전문가는 이 광산에 대한 논문까지 발표했으며, 이제 곧 이 광산을 소유한 회사의 주식이 상장될 겁니다. 그렇게 되면 이 광산의 가치는 어마어마해질 겁니다. 아시다시피 다이아몬드 사업은 그 끝을 알 수 없는 부가가치를 생성해 냅니다. 아마 저 같으면 이런 물건을 사들이라고 한다면 전 재산을 털어서라도 살 겁니다. 투자금액 대비 수익이 너무나 좋으니까요. 모르긴 해도 주식놀이를 제대로 한번 하고 나면 두세 배는 튀길 수 있을 겁니다. 고부가가치 산업의 주식이란 다 그런 것이니까요."

"흠."

"그런데 말입니다, 이 광산은 오로지 한 사람만을 위한 상장과 논문을 발표했습니다."

"그게 무슨 소리인가?"

"이 모든 것은 거짓부렁, 말도 안 되는 연극이라는 소리지요. 이것은 모두 임형석을 잡아 끌어내리기 위한 장치입니다."

"뭐, 뭐라? 그렇다면……."

"사기꾼에게 사기를 치는 것이지요."

임형석의 사기 행각은 하루 이틀의 일이 아니었지만, 그가 가진 지분과 영향력 등으로 딱히 말리고 나서는 이가 없었다.

강수는 이제 감정에 호소했다.

"저 사기꾼을 그대로 놓아두실 겁니까? 전대 사장님께서 일구어놓으신 회사를 그냥 사기꾼 놈들에게 내어주실 겁니까?"

"그, 그건⋯⋯."

"오로지 이 방법뿐입니다. 어차피 감옥에 가봐야 차명 계좌에 숨겨놓은 비자금으로 호의호식할 겁니다. 그럴 바엔 차라리 알거지로 만들어 제대로 복수하는 편이 낫지 않겠습니까?"

"흐음."

청미는 강수의 장황한 연설에 힘을 실어주었다.

"한 번만 도와주세요. 이 은혜는 절대 잊지 않겠습니다!"

이사진은 다소 말도 안 되는 일이라고 생각하면서도 청미를 한번 믿어보기로 했다.

"좋아, 그럼 김 사장 자네를 믿고 한번 투자해 보지."

"저, 정말이십니까?!"

"하지만 회사를 빼앗긴다면 엄중한 처벌을 받을 줄 알아."

"물론이지요."

강수와 청미는 이사진과 주주들의 주식양도증서를 모두 다 받아냈다.

*　　　*　　　*

청미식품의 물타기 증자가 이뤄지기 전, 염상철은 임형석과의 술자리를 마련했다.

임형석은 꽤나 고급스러운 술집에서 보자고 전화한 염상철을 만나러 가는 그 순간까지도 고개를 갸웃거렸다.

아무리 그가 재무이사의 자리에 앉았다고는 해도 아직까지 돈을 물처럼 쓸 정도로 자금 사정이 좋진 않을 것이기 때문이다.

술자리에 마주 앉아 연신 고개를 갸웃거리는 그를 바라보며 염상철이 물었다.

"자꾸 왜 그렇게 쳐다보세요?"

"…네가 술을 사는 것이 영 마음에 걸려서 말이야."

"하하, 설마하니 제가 훔친 돈으로 매형께 술을 대접할까 봐서요."

"그런 것은 아니지만……."

뭔가 자꾸 꺼림칙한 생각이 들어 술이 제대로 목구멍으로 넘어가지 않는 그를 바라보며 염상철이 말했다.

"사실은 매형께 드리고 싶은 것이 있어서 보자고 했어요."

"주고 싶은 것?"

"별것은 아닌데, 제가 요즘 투자를 받고 있는 일이 있거든요."

"투자라……."

염상철은 그에게 20억짜리 통장을 보여주며 말했다.

"이게 뭔지 아세요?"

"20억?! 이 큰돈을 도대체 어디서 났어?"

"말씀드렸잖아요. 투자를 받고 있다고. 이 돈은 모두 투자자들에게 선금으로 받은 거예요."

"도대체 무슨 투자를 하기에 그렇게 많은 돈을 받아냈어?"

"매형이요. 매형에게 투자를 하고 있지요."

"나? 내가 무슨……."

"이제 곧 청미식품을 인수하실 거잖아요. 그래서 제가 매형을 믿고 투자해 달라고 주주들을 찾아다녔지요."

"그럼 이건……."

"주주들이 매형을 믿고 투자한 겁니다. 게다가 자신들의 주식까지 매형 앞으로 증여했어요. 물론 이 모든 것은 매형께서 나중에 회사를 내다 팔 때 배분해 주셔야 하지만 말이죠."

임형석은 무려 10%나 되는 주식양도증서를 바라보며 감탄을 금치 못했다.

"도대체 이 많은 것을 언제 다 받아냈어? 참으로 대단하군!"

"별것 아닙니다. 그저 매형을 믿고 따랐을 뿐이지요. 원래 소도 비빌 언덕이 있으면 힘을 낸다고 하잖아요? 저도 그런 식으로 매형을 믿고 매형을 팔아먹은 것뿐이지요."

"하하, 하하하! 살다 살다 내가 상철이 네 덕을 다 보는구나!"

"매형께서 저를 믿어주니까요."

저번 스위스 추적 불가 유료 계좌의 개설부터 이번 투자 건까지 염상철이 하는 일마다 족족 마음에 드는 임형석이다.

"이것 참, 술은 네가 아니라 내가 사야 하는 것 아닌가?"

"아니요. 그래도 제가 지금까지 받은 것이 있는데 술 정도는 사야 하지 않겠어요?"

"하하, 하하하! 그래, 처남의 술 좀 얻어 마셔보자!"

임형석은 지금까지 염상철이 저지르고 다닌 사고들에 대해선 까맣게 잊고 술을 들이켰다.

*　　　*　　　*

임시주주총회가 열리는 날, 이번 임시주총에선 이사회의 의장을 바꾸는 안건이 발의되었다.

대부분의 주주와 이사회가 임형석을 지지하고 있었지만, 여전히 청미가 가진 지분의 양은 절대적이다.

하지만 이제 곧 이사회는 임형석에게 넘어갈 것이 분명해 보였다.

주주들과 이사들은 일제히 임형석에게 표를 몰아주며 우

격다짐으로 표결을 승리로 이끌어갔다.

"이번 안건은 이사회 의장을 교체하고 대표이사를 선출하는 내용입니다."

"투표는 무슨, 어차피 투표는 해봐야 빤한 거 아닌가?"

"…그게 무슨 말씀이십니까?"

임형석의 측근들은 이진욱에게 주주총회장 의석을 바라보며 물었다.

"자네의 눈에는 저것이 보이지 않는단 말인가? 잘 보게. 대표이사 근처에 사람이 있는지."

"그, 그건……."

"대세를 따라야 오래가는 법이라네."

이진욱은 짐짓 두려움 반, 의심 반의 눈초리로 주주총회장을 둘러보았다.

정말 그녀의 곁에는 아무도 없는 것처럼 보인다.

"……."

"자네도 이번 기회에 줄을 다시 서는 것이 좋아. 군대와 회사는 줄을 잘 서야 하는 법이거든."

"…만약 일이 잘못된다면 제가 회사를 나가겠습니다."

"하하, 그것도 아주 나쁜 선택은 아니지. 어차피 잘려 쫓겨날 것이 아니라면 말이야."

대놓고 대표이사를 희롱하는 그들, 하지만 표결은 계속해서 진행되었다.

"어찌 되었든 표결을 진행하도록 하겠습니다. 이번 안건에 반대하시는 분께선 손을 들어주시기 바랍니다."

대표이사 재선출에 대한 안건은 무려 49%, 거의 모든 표가 임형석에게 몰렸다.

하지만 그녀가 가진 의석수가 49%이니 표결은 다음 정기 주주총회로 미뤄질 것으로 보였다.

"찬성이 49, 반대가 49이므로 이번 안건은 다음 정기주주총회까지 연기하는 것으로 하겠습니다."

청미는 진심으로 안도하는 듯한 표정을 지었고, 임형석은 자신의 의석을 주먹으로 내려치며 분을 삭였다.

쾅!

"이런 빌어먹을!"

겨우 2% 차이로 연기되어 버리다니, 임형석은 서서히 다시 스트레스가 올라오는 것 같았다.

그는 처남 염상철의 위로를 받곤 조금 누그러진 표정을 지었다.

"매형, 일단 나가시죠. 어차피 2% 차입니다. 그것만 극복하면 충분히 승리하실 수 있어요."

"…그렇긴 하지."

"이곳에서 나가시지요. 나가셔서 술이라도 한잔하십시오.

제가 좋은 곳으로 모시겠습니다."

"그래, 그러자고."

이내 염상철은 이형석이 타고 다니는 차량을 주주총회장 앞까지 끌고 와 그를 태워 회장을 빠져나갔다.

그런 그들을 바라보는 청미와 진욱의 표정에는 여러 가지 감정이 복잡하게 얽혀 있었다.

"괜찮을까요?"

"물론이지요. 난 이번 판에 모든 것을 걸었어요. 실패한다 면… 차라리 자살을 선택하는 편이 나아요."

"……."

지금 주주총회장은 사활을 건 두 사람이 남긴 여운으로 가 득 차 있었다.

*   *   *

염상철이 처음 임형석에게 10%의 주식을 가져다 준 후 그 는 하루에 5%나 되는 주식을 꾸준히 가져다 바쳤다.

처음엔 15%에 불과하던 임형석의 주식은 순식간에 49%까 지 뛰어올랐고, 이제 곧 이사회를 엎어버릴 일만 남았다.

하지만 남은 2%의 주식은 도무지 그 행방을 찾을 수가 없 었다.

지금까지 꾸준히 주식을 매집했지만 이대로는 이사회의 의장으로 나설 수 없게 될 것이다.

　만약 그렇게 된다면 지금까지 그가 분식회계 등으로 꾸며 온 적대적 인수합병은 물 건너가게 될 것이 분명했다.

　그는 이제 물타기 증자를 시작해야 할 때가 왔음을 직감했다.

　"상철아, 이제 드디어 때가 온 것 같구나."

　염상철은 고개를 가로저었다.

　"아니요. 아직 때가 안 되었어요."

　"하지만 이대로라면 다음 정기주총까지 주식을 매집할 수 없을 거다."

　"할 수 있어요. 제가 매형께 2%의 주식을 가져다 드릴게요."

　"어떻게 그게 가능하단 말이냐?"

　"제가 알아본 바론 남은 2%의 주식을 김청수가 가지고 튄 것으로 보여요."

　"김청수? 그놈은 청미의 사촌 아니냐?"

　"맞습니다. 일류대학을 나왔지만 사업이 줄줄이 망하면서 지금은 쓸모없는 만년 백수가 되어버렸지요."

　"그놈에게도 회사의 지분이 돌아가 있었던가?"

　"아주 조금이요. 하지만 청미가 회사를 맡게 되면서 안정

장치로 청수에게 2%를 증여한 것이라 하더군요."

"…어린것이 꽤나 잔머리를 썼구나."

"마냥 호구는 아닌 모양입니다. 사태가 이렇게까지 악화될 것을 미리 예측하고 있었던 것이지요."

"젠장."

상철은 그에게 청수의 사진과 함께 그의 주소가 적힌 쪽지를 건네며 말했다.

"그래서 제가 놈에 대한 정보를 조금 수소문해 봤습니다."

"놈이 어디에 있는지 알고 있단 말이냐?"

"비록 심부름센터를 통해서 찾긴 했습니다만, 꽤 믿을 만한 정보 같더라고요. 여기 그의 사진도 함께 찍어왔습니다."

사진 속의 인물은 트레이닝복 차림에 담배를 피우고 있는 김청수였다.

"오호라! 이놈, 잡았다!"

"이제 놈을 잡아다 족치는 일만 남은 셈입니다."

"하지만 놈이 쉽사리 주식을 내어놓겠어?"

"그러니까 족쳐야 한다고 말씀드린 것이지요."

"족쳐?"

"제가 심부름센터 건달들을 이끌고 찾아가서 주식양도증서에 도장을 찍을 때까지 족치겠습니다."

"정말 할 수 있겠냐?"

"물론이지요. 대신 매형께서 나중에 회사를 처분하실 때엔 제 몫도 충분히 챙겨주셔야 합니다."

"당연하지! 내가 설마 너를 모른 척할 리가 있겠냐? 다른 것은 몰라도 우리는 가족 아니냐?"

그는 임형석의 손을 꽉 잡으며 말했다.

"제가 가정의 평화를 위해서 꼭 성공해 올게요. 저만 딱 믿고 계세요."

"그래, 알겠다."

임형석은 염상철에게 점점 더 빠져들고 있었다.

*   *   *

부산 인근에 위치한 허름한 원룸촌.

이곳에 청미의 사촌인 청수가 살고 있다.

그는 명문대학을 나와 벤처사업을 시작했는데, 신 경제 침체와 함께 사업이 수중 아래로 가라앉고 말았다.

그때부터 5년, 그는 명문대를 졸업한 머리를 이용하여 사법고시에 도전했다.

소문에는 그가 5년 연달아 낙방하는 바람에 집도 절도 없이 떠돌아다니고 있다고 알려져 있었지만 사실은 그와 정반대였다.

그는 요즘 사법연수원을 다니면서 대한민국 검사가 되기 위한 교육을 받고 있었다.

한마디로 그는 5년의 노력 끝에 사법고시에 패스한 것이다.

사법연수원에서 거의 쉴 틈도 없이 생활하던 그에게 불현듯 청미가 강수와 함께 찾아왔다.

그녀는 지금까지 자신이 당한 일을 청수에게 토로했고, 그는 자신의 인맥을 동원하여 그를 매장시키자고 말했다.

하지만 그녀는 청수와는 조금 다른 생각을 가지고 있었다.

법의 사각지대에서 부당 이득을 챙겨온 그를 사기로 벗겨 먹겠다고 생각한 것이다.

청수는 그녀의 이런 결심을 이해할 수 없다고 말하면서도 묵묵히 그녀가 하는 일을 지지해 주었다.

자신의 원룸에 두 손과 발이 꽁꽁 묶인 채 감금당하는 연출 사진을 찍는 청수의 얼굴에는 불만이 가득했다.

"…정말 이렇게까지 해야 해?"

"오빠가 한 번만 도와주면 이 은혜는 절대로 잊지 않을게."

"참, 삼촌이 이 광경을 보시면 아주 까무러치실 거다."

"미안해."

말은 이렇게 하고 있지만 그는 사진을 찍을 때마다 상당히 두렵고 막막한 표정을 지었다.

도대체 이런 억울한 표정이 과연 어떻게 나오는지 모를 지경이다.

찰칵찰칵!

약 열 장의 사진을 촬영하고 난 후에서야 강수는 만족스러운 듯이 웃었다.

"좋습니다. 이 정도면 충분하겠어요."

"…정말 이번이 마지막입니다. 다음부턴 절대 봐주는 일 없어요."

"물론이지요."

이제 일을 모두 마친 그는 깔끔한 정장으로 갈아입은 후에 사법연수원으로 향했다.

"난 이만 간다. 남은 일은 이제 너희가 알아서 처리해."

"알겠어."

두 사람은 오늘 촬영한 사진을 염상철에게 보내주었고, 이제 그는 이번 작전의 마침표를 찍기로 했다.

제6장
알거지

　정기주주총회 3일 전, 염상철은 2%의 주식에 대한 양도각
서를 가지고 임형석을 찾아왔다.

　그는 청수의 것으로 보이는 지장에 서명까지 받아온 상철
을 뜨겁게 끌어안았다.

　"하하, 하하하! 처남, 드디어 자네가 해냈어!"

　"다 매형 덕분입니다. 매형이 저를 믿어주신 덕분에 일이
잘 풀린 거예요."

　"하하! 무슨 그런 말이 다 있나? 다 자네가 열심히 뛰어준
덕분이지."

이제 염상철을 부르는 그의 호칭이 '너'에서 '자네'로 바뀌었다.

이것은 임형석이 염상철을 업신여기지 않는다는 것을 반증하는 일이다.

지금까지 그는 집안의 골칫거리로 여겨지고 있었던 것이다.

"드디어 우리 매형이 사장님 소리를 듣겠군요. 우리 누나는 사모님 소리를 듣고요."

"하하, 하하하! 그러게 말이야!"

그는 자리를 박차고 일어나 염상철을 잡아 이끌었다.

"가세! 내가 오늘 자네에게 거하게 한잔 사지!"

"안 그러셔도 됩니다만……."

"어허, 사양하지 말게! 아무리 그래도 처남이 이렇게까지 고생하는데 술은 한잔 사야지. 안 그래?"

"그럼 뭐, 한잔만 할까요?"

"하하, 그래, 그래!"

웃음이 끊이지 않는 임형석. 염상철은 이제 곧 무너지게 될 그를 바라보며 쓴웃음을 속으로 삼켜냈다.

며칠 후, 임형석은 곧바로 자신이 가진 지분을 이용하여 청미를 대표이사회 자리에서 끌어내려 버렸다.

공식적으로 주주총회를 열어 청미가 더 이상 경영권을 가지고 있지 않다는 것을 공표한 것이다.

임시주주총회가 열리는 날, 잔뜩 일그러진 얼굴의 청미가 주주총회장에 얼굴을 드러냈다.

임형석이 측근들과 함께 그 모습을 바라보고 있다.

"후후, 청미야. 이 아저씨가 앞으로 회사를 잘 이끌어나갈 테니 너무 걱정하지 말거라."

"……."

"어차피 네가 이 회사를 경영하기엔 역량이 한참 부족했다는 사실을 너 스스로도 잘 알고 있지 않냐? 그러니 너무 억울해하지 말고."

이제 최대주주가 바뀌었으니 주주총회를 움직이는 이사회의 회장 또한 바뀌게 될 것이다.

오늘은 그저 청미가 얼마나 큰 굴욕을 당하는지 만천하가 알게 되는 날이다.

이진욱은 주주총회를 진행하는 공식 진행자이기 때문에 어쩔 수 없이 진행 마이크를 잡았다.

사장 부녀를 지금껏 극진으로 보살펴 온 그에게 있어선 이 역시 상당히 고역이라고 할 수 있었다.

하지만 임형석은 그의 굴욕적인 표정까지 즐기고 있는 것 같았다.

"어이, 사회자 양반, 어서 시작하지."

"…예, 알겠습니다."

이진욱은 극도의 분노를 느낀 모양인지 가늘게 떨리는 목소리로 주주총회를 시작했다.

"그럼… 지금부터 청미식품 임시주주총회를 시작하겠습니다. 가장 먼저 오늘의 안건으로 발의된 대표이사 교체 건에 대한 투표를 진행하겠습니다."

주주총회는 자신이 가진 주식의 수만큼 의사 결정을 행사할 수 있기 때문에 대주주가 어떻게 움직이느냐에 따라 의사가 타결된다.

그런 만큼 오늘의 주주총회는 의미가 없다.

또한 대부분의 주주가 이득을 위해 사장단을 올리고 내리기 때문에 이미 힘이 없어진 청미를 선택할 리가 없었다.

"과반수 이상이 교체에 찬성했기 때문에 이번 안건은 통과된 것으로 하겠습니다."

짝짝짝짝!

이사회와 주주들은 새로운 사장의 취임을 반겼고, 청미는 그 자리에서 일어나 곧장 주주총회장을 빠져나갔다.

그런 그녀를 바라보며 임형석은 득의에 찬 미소를 지었다.

"이젠 꼬맹이의 농간에 놀아나지 않아도 되니 속이 다 시원하겠군."

"하하하하!"

이사회는 한껏 너털웃음을 터뜨렸고, 이진욱 역시 황급히 이사회장을 빠져나갔다.

*　　*　　*

임시주주총회가 끝나고 난 후, 청미와 진욱은 강수가 기다리고 있던 포장마차로 달려왔다.

두 사람은 아직도 분이 덜 풀렸다는 듯 거침없이 술잔을 털어냈다.

꿀꺽꿀꺽!

"크흐! 젠장! 오늘따라 술이 쓰군!"

"모든 것이 다 연출된 것인데 뭐가 그렇게 억울하고 분통이 터지십니까?"

"아무리 연출이라고 해도 내 회사를 빼앗기는 것이 어디 그렇게 참기 쉬운 일이던가요?"

그녀는 분통이 터져 술을 들이켜고 있었지만 이진욱은 조금 다른 입장이었다.

"저는 아무래도 불안합니다. 우리가 자칫 잘못해서 타이밍을 놓치면 모든 일이 수포로 돌아가는 것 아닙니까?"

"그래서 스파이를 심어놓은 겁니다. 너무 걱정할 필요 없어요."

"하지만 만약이라는 것이 있지 않습니까?"

"그땐 제가 완력을 써서라고 저들에게서 회사를 빼앗아올 겁니다."

"완력이요?"

"제가 스파이를 만든 것처럼 말입니다. 그 사람이라고 아주 멍청해서 제가 친 덫에 걸렸겠습니까? 다 그에 따른 방법이 있습니다."

"흠……."

이제 강수는 자신이 계획한 곳까지 거의 다 왔다는 것을 강조했다.

"일이 잘 풀리고 있습니다. 지금 저놈은 자신의 전 재산을 회사에 다 쏟아부었습니다. 하지만 그것은 대부분 은행에서 끌어온 빚이지요. 실제적인 인수 자금은 당신이 가지고 있지 않습니까? 만약 일이 잘못되더라도 문제가 없다는 것을 강조하고 싶군요."

"…알겠습니다."

이진욱은 자신의 상식으론 도저히 상상조차 할 수 없는 일을 하고 있었지만, 강수에게 한 약속 때문에 이러지도 저러지도 못하고 있었다.

만약 일이 잘못되어 회사가 망하면 그는 더 이상 버틸 수가 없을 것이다.

강수는 이제 두 사람에게 작전의 마침표를 찍을 시간이 다가왔다고 암시했다.

"이젠 제가 가지고 있는 두 개의 회사로 이들과 접촉을 시도할 겁니다."

＊　　　＊　　　＊

임형석은 이 역사적인 순간을 자축하기 위해 이사진을 소집했다.

그들은 임형석의 대표이사 취임을 축하한다는 의미에서 스스로 뇌물을 준비했다.

"축하드립니다, 대표님!"

"하하, 아직 대표는 아닐세."

"아직까진 아니지만 내일이면 당장 대표이사가 되실 것 아닙니까?"

"하하하! 그건 그렇지!"

"아무튼 다시 한 번 축하드립니다. 이것을 받으시지요."

그들은 각자 그에게 받은 만큼에 비례하여 적당한 뇌물을 준비했고, 임형석은 그것을 아주 기쁘게 받았다.

"뭐, 이런 것을 다……."

"대표이사님이 되셨는데 저희가 이 정도는 해야지요. 우리는 이제 운명공동체 아닙니까?"

"하하, 그건 그렇지!"

임형석은 원래 이렇게까지 호탕한 성격이 아니었지만 이사진의 감언이설에 거의 잘 녹은 설탕처럼 되어버렸다.

그는 자신이 받은 돈으로 거하게 한턱낼 생각에 흥분해 있었다.

"어디가 좋겠나? 오늘 내가 거하게 한턱내기로 하지."

"정말이십니까?"

"후후, 당연하지. 이런 기쁜 날에 술이 빠지면 섭하지 않겠나?"

"그렇다면 광주에 있는 흑련이 어떻겠습니까?"

"흑련? 흑련 좋지! 오늘은 빼는 사람 없이 2차에 3차까지 가는 것으로 하지."

"물론이지요!"

흑련은 목련과 함께 광주 일대에서 가장 비싼 술집으로 통하는 곳이다.

이곳에서의 하룻밤 술값은 무려 1인당 300~400만 원을 호가하며, 전액 현금으로만 계산이 가능했다.

오늘 모인 현금은 그보다 훨씬 많으니 당연히 계산에 착오는 없을 것이다.

열두 명의 이사진은 임형석을 따라 환락의 거리로 향했다.

*　　　*　　　*

인도네시아 최대의 도시이자 수도인 자카르타.

이곳의 중심가에는 호텔을 비롯한 관광단지가 잘 조성되어 있었다.

그런 인도네시아의 중심가 조금 외곽에 위치한 호텔 사이가는 네덜란드가 이곳을 통치하던 시절부터 지금까지 명맥을 이어오고 있었다.

하지만 오로지 전통만을 고집하는 사이가 회장으로 인해 21세기에 들어서부터는 손님이 상당히 줄어들었다.

그러나 자카르타에서 가장 오래된 호텔이라는 명성에 걸맞게 아주 고급스러운 요리와 성대한 손님 접대는 비즈니스맨들이 이곳을 제일로 찾는 이유이기도 했다.

명두는 신철민의 소개로 인도네시아에서 중고 오토바이를 취급하는 사업가 토마스를 만나기로 했다.

토마스는 시가지에서 중고 오토바이를 수리해서 파는 전문점을 가지고 있지만, 사실상 그곳은 마약을 배달하는 허브이다.

그의 중고 오토바이 수리점은 한국, 중국, 일본, 대만, 중국, 미국, 러시아, 멕시코 등 세계 각국에서 들여온 마약을 동남아 전역으로 배달하는 역할을 했다.

주로 오토바이와 배를 이용하여 마약을 배달하기 때문에 경찰의 검문에 발각될 염려가 없고 수수료가 낮기 때문에 꽤 많은 마피아가 이곳을 이용했다.

신철민 역시 중남미에서 공수한 마약을 한국으로 들여오는 제3의 루트로 이곳을 이용해 왔다.

때문에 토마스와는 꽤나 인연이 깊다고 할 수 있었다.

명두는 신철민에게 받은 소개장을 그에게 전달하곤 살짝 고개를 숙인다.

"김명두요."

"말씀 들었습니다. 한국에서 먼 길 오시느라 고생 많았겠군요."

"별말씀을요."

그는 자신의 신분이 드러났음에도 불구하고 명두를 경계하거나 피하는 기색이 없었다.

소개장에는 그가 꽤 짭짤한 부수입을 올릴 수 있다고 쓰여 있었기 때문이다.

"그나저나 그 건수라는 것이 무엇인지부터 좀 들어봅시다."

거두절미하고 용건부터 물어보는 그에게 명두는 기획안을

하나 건넸다.

"한번 읽어보십시오."

"이게 뭡니까?"

"당신에게 상당한 수익을 드릴 수 있는 사업이지요. 일종의 비밀문서라고나 할까요?"

"흠."

그는 명두가 건넨 기획서를 아주 천천히 읽어 내려갔다.

그리고 약 5분 후, 토마스는 실소를 흘렸다.

"그러니까, 나더러 지금 사기를 위한 사업자 명의를 빌려달라는 겁니까?"

"그렇다고 할 수 있지요."

"만약 일이 잘못되어 내가 감옥에 들어가게 되면요?"

"그럴 일 없습니다. 그리고 그 돈은 당신이 부담할 위험수당입니다. 별일만 없으면 한화로 5억을 버는 겁니다. 어때요?"

명두는 그가 가지고 있는 자카르타 증시 상장회사에 대한 명의를 빌려 위조문서를 만들 계획이다.

엄연히 따지자면 이것은 공문서 위조에 해당하기 때문에 잘못하면 토마스가 엮여 들어갈 수 있었다.

하지만 명두가 입을 다문다면 그에겐 아무런 위협도 되지 않을 것이다.

"당신이 위험에 몰리게 되면 입을 가만히 놓아둘지 누가 압니까? 아시죠? 인도네시아의 공안은 무지막지하기로 유명합니다. 경찰 또한 그렇고요."

"잘 압니다. 잘못하면 이곳에 억류되어 평생 한국으로 돌아갈 수 없겠지요. 하지만 그만한 가치가 있다고 말씀드리고 싶군요."

토마스는 아주 난감한 표정을 지었다.

"으음, 결정하기가 쉽지는 않군요."

"그래요?"

이윽고 명두는 자리에서 일어섰다.

"당신이 안 하겠다면 다른 사람을 찾아볼 겁니다. 그렇게 되면 당신에게 돌아갈 돈은 한 푼도 없겠지요."

"……."

"그럼 저는 이만……."

협상이 결렬되었다고 생각한 명두는 두말없이 돌아서자 토마스가 다급하게 그의 손을 잡았다.

"잠깐, 잠깐만 기다려 보세요."

"망설여지신다면 하지 마십시오. 저도 결단력 없는 사람과 일하는 것이 썩 달갑지는 않으니 말입니다."

"그런 문제가 아닙니다. 내 사업이 일순간에 무너질 수도 있다고요."

"그렇지만 5억이 굴러들어 오는 일이지요."

요즘 한국 원화 가치가 꽤나 높아서 실제로 자카르타에서 환전하면 5억 이상 될 것이다.

끝까지 대답을 미루던 그가 이내 고개를 끄덕였다.

"좋습니다. 대신 무슨 일이 있어도 내 이름은 나오지 말아야 합니다."

"그런 신용도 없이 제가 이곳까지 왔겠습니까? 더군다나 그렇게 되었다간 감옥에서 쥐도 새도 모르게 죽을 것이 뻔한데 제가 왜 그런 짓을 하겠습니까?"

"뭐, 그건 그렇군요."

"아무튼 잘 부탁합니다."

손을 내민 명두, 그런 그의 손을 잡는 토마스의 표정은 그다지 썩 밝아 보이지 않았다.

그러나 이렇게 썩 달갑지 않을수록 조심할 테니 큰 걱정은 없을 것이다.

*   *   *

토마스와 계약을 마치고 난 후 명두는 인도네시아 수마트라 섬 인근에 위치한 폐광촌으로 향했다.

화산활동으로 인해 만들어진 인도네시아는 풍부한 지하자

원과 끝도 없는 지각변동으로 관광 수익을 올리고 있었다.

아직도 발견되지 않은 금광이나 다이아몬드 광산이 곳곳에 숨어 있는 인도네시아는 해외 채굴업자들의 발길이 끊이지 않았다.

명두는 그중에서도 개발을 포기했거나 애초에 수익률이 저조하여 문을 닫은 광산만을 찾아다니고 있었다.

그는 자카르타에서 부동산중개업을 하는 나탈란에게 수마트라 섬 외곽에 있는 광산 하나를 소개받을 수 있었다.

이 광산의 이름은 아나마티 산으로, 네덜란드가 100년 전 광산 개발에 실패한 후 버려진 땅으로 알려져 있었다.

이곳은 진입로가 거의 정글이나 마찬가지이기 때문에 어지간한 일이 아니면 원주민조차 접근하지 않았다.

심지어 이곳까지 들어가자면 자동차가 아닌 코끼리로 이동해야 했다.

쿵쿵쿵!

코끼리 등에 올라타 아니마티 산으로 이동하는 길, 명두는 연신 흐르는 땀을 수건으로 닦아내었다.

"후우, 덥군."

"아마 이곳의 기후에 적응하기가 그리 쉽지만은 않을 겁니다. 원래 이곳이 유난히 덥기로 유명하거든요."

안 그래도 아열대지방인 인도네시아에서도 수마트라 섬은

기온이 높기로 유명했다.

거기에 습도가 거의 80% 육박하는 이곳은 가만히 서 있기만 해도 짜증이 머리끝까지 솟구칠 지경이다.

그나마 코끼리 등 위로 산들바람이 조금씩 불어오고 있었기에 망정이지, 그렇지 않았다면 명두는 벌써 도시로 나가 버렸을지도 몰랐다.

선착장이 있는 마을에서 코끼리로 무려 네 시간 이상 와야 하는 이곳은 동물의 후각에 의존하지 않는다면 결코 돌아갈 수도 없었다.

간신히 다섯 시간 만에 목적지에 도착한 명두는 수풀이 우거진 광산 입구로 몸을 숨겼다.

휘이이이이잉!

"오오, 시원하다!"

"아마 이 아래로 지하수가 흘러서 꽤나 시원할 겁니다. 하지만 한 층만 더 내려가면 추워서 감기에 걸릴 수도 있지요."

지하로 600미터가량 파내려 간 이곳은 원래 금광으로 개발되었다가 5년도 채 지나지 않아 폐쇄되었다.

금광을 개발하는 데 들어간 돈만 미화로 1만 달러로, 당시의 화폐가치로 따지자면 섬 하나를 통째로 사고도 남을 금액이다.

그 당시엔 땅을 굴착하기 위한 정밀 도구의 개발이 미진한 상태였기 때문에 금광을 파내려 가자면 다이너마이트로 폭발시키며 전진해야 했다.

때문에 위험부담은 그만큼 클 수밖에 없었고, 실제로 그 과정에서 수많은 현지인이 죽어나갔다.

당시 개발을 맡은 아인트 베넷 사는 도산 직전에서야 금맥을 찾을 수 있었다.

무수히 죽어나간 사람들의 보상금을 치러주다가 회사 문을 닫을 뻔한 것이다.

그러나 금맥을 발견하고 나선 무려 1톤당 1㎏의 엄청난 양의 금이 쏟아져 나왔다.

그렇게 5년 이상을 영유한 아니마티 산은 어느 순간부터는 금의 채취양이 아예 0%로 떨어져 내렸다.

다행히도 아인트 베넷 사는 5년 동안 지금까지 개발에 들어간 시공비의 3분의 1을 건질 수 있었지만 그 이상의 성과를 거둘 수 없었다.

하여 아인트 베넷은 아니마티 산을 공매로 처분한 뒤 홀연히 인도네시아에서 자취를 감추어 버렸다.

그때 입은 타격으로 인해 더 이상 인도네시아에 머물 수가 없었던 것이다.

지금도 그 당시의 기반시설은 모두 그대로 남아 있으며, 지하 암반을 스쳐 지나가는 지하수를 용천시킬 수 있기 때문에 사람이 살아도 무방했다.

하지만 워낙 사람이 많이 죽어서 어지간히 담이 큰 사람이
아니면 이곳에서 살 엄두를 내지 못했다.

명두는 아니마티 산을 보자마자 계약을 진행하기로 했다.

"임대 형식으로 일단 계약을 맺겠습니다."

"이렇게나 빨리요?"

"원래 이런 일일수록 빨리 처리하는 것이 좋습니다. 쇠뿔
도 단김에 빼라는 말이 있듯이 말이죠."

"뭐, 사장님의 고견이 그러하시다면야 당연히 따라야지요.
그럼 이곳에서 바로 계약을 채결하시겠어요?"

"그럽시다."

지금 당장 부동산 사무실로 돌아갈 수 없으니 두 사람은 이
곳에서 가계약을 맺고 정식 임대 계약은 마을에서 다시 하기
로 했다.

＊　　＊　　＊

광산을 임대하고 난 후 랄프는 크룩을 비롯한 하이오크와
하이고블린을 이끌고 아니마티 산을 찾았다.

검은 두건으로 얼굴을 가린 오크들은 산 주변을 깔끔하게
정리하기 시작했다.

사각, 사각, 사각!

고비사막에서부터 지금까지 뼈가 빠져라 일한 크룩과 그의 부하들은 이 정도의 더위쯤은 별것 아니라는 듯이 버텨냈다.

워낙 그곳의 기후가 지옥 같았기 때문에 적응하는 게 가능했다.

"크룩, 잘 만하면 마스터께서 지시하신 기일 내에 일을 처리할 수도 있겠군요."

"그러게 말이야. 오크들이 상상외로 일을 잘하니 걱정 없겠어."

이곳에 투입된 오크들은 강수가 직접 벌목을 가르치며 고비사막에서 사선을 넘나들던 원로들이다.

이젠 크룩이나 랄프의 지시 없이도 알아서 나무를 베어 길을 만들어낼 정도였다.

오크들이 나무를 벌목하면 고블린들이 그 뒤를 따라 잡초를 베어내고 나무뿌리를 제거하면서 작업이 이어져 나갔다.

그렇게 약 하루 정도 작업하고 나니 반경 1㎞가 아주 깔끔하게 정리되었다.

랄프는 이제 이곳에 베이스캠프를 만들고 본격적으로 가짜 다이아몬드 광산을 만들 준비에 착수했다.

"오늘은 이만 작업을 접고 내일 다시 시작하자고. 아무리

강철 체력이라고 해도 레비로스가 없으면 말짱 허사 아닌
가?"

"크룩, 알겠습니다. 키헥."

"키헥, 예, 크룩 님."

"지금 당장 오크와 고블린을 소집해서 막사를 친다. 화장
실을 파고 우물을 만드는 인원은 내가 선발하겠다."

"키헥, 알겠습니다."

고블린의 수장 키헥은 일찌감치 강수가 만들어놓은 계급
에 순응하며 살아왔다.

또한 그는 크룩이 가진 방대한 지식에 감탄했으며 그 지식
을 흠모하고 있었다.

때문에 지금과 같은 수직 계통이 이어질 수 있는 것이다.

다만 새로 들어온 신입 100마리가 강수의 속을 썩여 특수
훈련까지 시킨 것이다.

하지만 이제 그들 또한 하이고블린의 명령에 아주 잘 순응
하고 있었다.

"하여간 대단한 놈이야."

랄프는 강수가 척척 이뤄내는 일들을 가만히 바라보다 놀
랄 때가 많았다.

그는 이제 어서 빨리 이곳에 가짜 금광을 만들어놓고 중국
고비사막으로 돌아가고 싶은 마음뿐이었다.

그곳에는 그가 만들다 만 장비들이 줄을 지어 서 있기 때문
이다.

*   *   *

강수는 캐나다에서 공수한 공업용 다이아몬드를 무려 1톤
이나 사들여 그것을 아니마티 산 지하에 골고루 뿌려놓았다.

그리곤 샌드골렘을 소환하여 그것을 단단한 암석 사이사
이에 끼워 넣어 마치 다이아몬드 원석처럼 보이도록 했다.

쿠구구구구구구국!

"으음, 좋군."

다이아몬드는 수많은 원석 중에 극히 일부가 섞여 있는데,
석유나 석탄에 압력이 가해져 만들어진다.

때문에 그 크기가 상당히 작고 단단하기는 지구 최강이다.

지구상에는 상당히 많은 다이아몬드가 존재하지만 보석으
로 사용할 수 있는 투영도를 가진 최상급 다이아몬드는 극소
수에 불과했다.

그렇기 때문에 다이아몬드의 희소성은 금을 뛰어넘었다.

광산 곳곳에 공업용 다이아몬드를 심어놓은 강수는 자신
이 직접 곡괭이질을 해서 채취 작업을 실행해 보았다.

까앙, 까앙, 까앙!

곡괭이로 파낸 암석은 마치 대리석처럼 이곳저곳이 반짝거리고 있었는데, 한 덩어리당 하나 꼴로 다이아몬드가 박혀 있었다.

이 정도의 밀도라면 충분히 임형석의 눈이 돌아갈 것이다.

그는 이제 이곳의 사진을 최대한 정밀하게 찍어 기록을 남기고 그것을 가지고 광산 밖에 있는 베이스캠프로 향했다.

베이스캠프에는 한국에서 섭외한 재연배우 찰스가 그를 기다리고 있었다.

"샘플은 가지고 왔습니까?"

"물론이죠."

찰스는 한국에서 외국인 재현배우로 활동하고 있는데, 얼굴이 그리 많이 알려지지 않아서 어지간히 자세히 보지 않고선 그 정체를 알아낼 수 없었다.

그는 벨기에에서 가지고 온 논문에 사진을 붙여 넣곤 지명과 연구 결과에 대한 수치들을 바꿔치기했다.

"자, 이 정도면 되겠지요?"

강수는 찰스가 완성시킨 논문을 바라보며 흡족한 미소를 지었다.

"흠, 이 정도면 전문가가 아닌 이상에야 깜빡 속아 넘어가겠네요."

"후후, 그렇죠? 하지만 놈이 진짜 전문가를 데리고 오면 어쩝니까?"

"그건 걱정하지 마십시오. 저쪽에도 당신의 동료가 잠입해 있거든요."

"아아!'

강수는 거짓말을 즐겨하는 사람은 아니지만 한 번 거짓말을 할 때엔 아주 치밀하게 상황을 모두 다 짜 맞추어놓는 경향이 있었다.

그래서 그가 사기를 치자고 마음만 먹는다면 속이지 못할 사람이 없을 것이다.

"자, 그럼 이제 슬슬 작전을 시작해 봅시다."

"그러자고요."

두 사람은 비행기를 타고 한국으로 향했다.

* * *

임형석은 자신이 사장이 된 이후 꾸준히 분식회계와 이중 장부로 회사의 가치를 키우고 있었다.

물론 이제 곧 지식경제부에서 사람이 파견될 수도 있기 때문에 슬슬 회사를 매각해야겠다고 생각하는 중이다.

하지만 그런 그의 생각에 정면으로 태클을 걸어온 사람이 있었다.

그는 바로 임형석의 처남이자 최고의 참모인 염상철이었다.

광주의 한 술집, 염상철은 임형석의 잔에 위스키를 채우며 말했다.

"매형, 정말 지금 회사를 매각하실 겁니까?"

"그렇지 않으면 정부에서 우리의 계획을 눈치챌 수도 있어. 위험부담을 감수할 필요는 없지 않나?"

"그렇긴 합니다만, 모처럼 잡은 기회인데 그냥 날리면 아깝지 않겠어요?"

"뭐, 그렇긴 하지만……."

그는 임형석에게 USB를 하나 건넸다.

"나중에 시간 되시거든 이것을 한번 읽어보십시오."

"이게 뭔가?"

"인도네시아에 있는 다이아몬드 광산에 관한 겁니다."

"다이아몬드? 갑자기 무슨 다이아몬드야?"

"제가 알아본 바에 의하면 이곳은 이제 막 학계에 알려지기 시작한 신생 광산이라고 하더군요. 원래는 금광으로 개발되었다가 100년 전에 폐쇄하였고요."

"흐음."

"지금 이 광산을 개발하는 회사에선 벌써부터 투자자 유치를 계획하고 자카르타 주식시장에 상장까지 했습니다."

"상장을?"

다른 것은 몰라도 주식시장에 상장했다는 것은 꽤나 믿음이 가는 물건이라는 소리다.

"하지만 지금 우리가 가진 현금은 스위스 은행에 있는 돈이 전부 아닌가? 그건 나중에 회사를 차릴 때 사용할 현금이야."

염상철은 고개를 가로저었다.

"아니, 아니지요. 우리에겐 무한한 잠재력을 가진 회사가 있지 않습니까?"

"대출을 받자고?"

"안 될 건 뭡니까? 어차피 회사는 팔아먹을 건데."

"그건 그렇지만……."

"아무튼 일단 집에 가서서 한번 읽어나 보십시오. 영어로 되어 있어서 번역기를 돌려야 하긴 하지만, 앞뒤가 좀 안 맞아도 충분히 흥미로울 겁니다."

임형석은 이내 고개를 끄덕였다.

"그래, 알겠네."

"모두 다 읽어보시고 곧바로 연락 주세요. 제가 잡은 연줄이 워낙 콧대가 높아서 어지간해선 약속을 잡기가 힘들거든요."

"알겠어. 한번 읽어보지."

그는 자신이 손에 쥔 USB를 가만히 바라보았다.

그 주의 휴일, 임형석은 꽤나 복잡한 심경으로 창밖을 바라보았다.

"후우!"

임형석은 어려서부터 돈에 대한 집착이 남달랐다.

그가 기억을 할 수 있을 무렵부턴 이미 셈에 대한 계산이 이뤄지고 있었으며, 이해타산은 유치원을 다닐 때부터 깨우치고 있었다.

어떤 면에서 본다면 그는 천재성을 가진 사람이었고, 다른 의미로 본다면 탐욕이 모태에 끼어 있던 사람이라고 할 수 있었다.

그런 그가 회사생활을 무려 20년이나 할 수 있던 것은 중역에 올라 꽤 큰돈을 만질 수 있다는 기대감 때문이었다.

하지만 회사의 중역 자리로는 자신이 원하는 돈을 만질 수가 없었다.

그래서 그는 언젠가 회사를 팔아치우고 거액을 만지겠다는 당찬 포부를 가졌다.

지금 그 포부는 거의 다 현실로 이루어진 셈이고, 이제 그는 곧 부자가 될 것이다.

그러나 인간의 욕심은 끝이 없는 법이다.

견물생심, 그는 눈앞에 놓인 돈이 조금 더 많았으면 얼마나 좋았을까 하는 생각에 사로잡히게 되었다.

그런 그는 이내 더 이상 참을 수 없다는 듯이 서재로 향했다. 그리곤 USB의 파일을 열어 그 안의 내용을 읽어보았다.

이윽고 잠시 후 그는 눈을 번쩍 떴다.

"다, 다이아몬드! 진짜였어?!"

객관적인 증거가 별로 없긴 하지만 논문까지 끼어 있는 것을 보면 진짜인 것 같았다.

이제 그는 더 이상 상철이 말한 사람들을 의심하지 않게 되었다.

몇 시간 후, 염상철은 임형석에게서 다급한 전화 한 통을 받았다.

때는 이른 새벽, 일반적인 생활 리듬을 가진 사람이라면 한참 잠에 빠져 있을 시간이다.

하지만 그럼에도 불구하고 임형석은 도저히 잠을 이룰 수 없었던 것이다.

―처남, 이 박사라는 사람과 투자회사의 사장을 만나볼 수 있겠나?

"언제쯤 말입니까?"

―오늘 당장.

"오, 오늘이요?"

―힘들겠나?

"흠, 일단 한번 아침에 연락을 해보겠습니다. 그런데 시일이 좀 지나서 괜찮을지는 모르겠군요."

―부탁 좀 할게. 이 건수, 꽤나 괜찮은 것 같아서 말이야.

"그렇습니까?"

―자네가 소개해 준 그 지질학 박사의 말에 따르면 이건 도무지 말도 안 되는 일이라고 하더군. 그런데 내가 직접 알아본 바에 의하면 그게 아니었어. 이건… 대박이야!

"매형께서 그렇게까지 확신한다면야 빨리 다리를 놓아드려야겠군요. 조금만 기다려 주세요. 아침에 곧바로 연락을 넣겠습니다."

―그래, 부탁 좀 함세.

"별말씀을요."

이윽고 전화를 끊은 그는 강수에게 전화를 걸었다.

"드디어 물었습니다."

―수고했다. 오늘 밤에 다시 보도록 하지.

"예, 알겠습니다."

다시 자리에 누운 그는 이내 잠을 청했다.

제7장
천벌

　대부분의 회사원이 퇴근하는 시간은 저녁 6시쯤으로 보통 이때에 맞춰 저녁 약속이 많이 잡힌다.

　하지만 임형석은 일반 회사원들이 퇴근하기 전부터 광주의 한 레스토랑에 죽을 치고 앉아 있었다.

　그는 뭔가 불안한지 계속해서 다리를 떨며 물 잔의 주둥이를 손가락으로 빙빙 돌리고 있었다.

　뽀드드드득, 촤라랑!

　물 잔에 묻어 있는 물과 손가락이 마찰을 일으키면서 둥글넓적한 물 잔이 공명을 일으키며 낸 소리가 테이블을 가득 채

웠다.

그런 그를 바라보며 염상철이 난감한 표정으로 물었다.

"매형, 아무래도 놈이 안 올 모양인데요?"

"조금만 더 기다려 보자고. 설마하니 사람을 불러내 놓고 안 오기야 하겠어?"

염상철은 오늘 저녁 식사를 함께하자고 약속을 잡으려 했지만, 상대방은 자신의 볼일이 언제 끝날지 모른다면서 약속을 미루었다.

하지만 모든 일은 타이밍이 가장 중요하다고 믿는 임형석은 무려 네 시부터 지금까지 자리에서 꼼짝도 않고 그를 기다리고 있었다.

그의 입장에선 족히 100억도 넘는 돈을 벌 수 있는 기회인데, 이것을 놓칠 수가 없었던 것이다.

염상철은 돈에 대한 집착이 남다른 임형석을 처음부터 마음에 들어 하지 않았다.

하지만 누나의 선택이기에 따라주었는데 지금까지 그는 단 한 번도 처가를 인간적으로 대해준 적이 없었다.

만약 그가 제대로 된 사고를 가진 사람이었다면 누나의 남편을 이렇게까지 궁지로 내몰지는 않을 것이다.

그러나 그 역시 당하고 산 세월이 너무나 억울하여 일부러 그를 알거지로 만들어 버리겠다고 다짐한 것이다.

'누나도 언젠간 나에게 감사할 날이 오겠지.'

처음엔 도박 빚 때문에 이런 말도 안 되는 사기극에 동참하였지만 시간이 지나면 지날수록 그는 이 일에 뛰어들기를 잘했다고 생각했다.

언제까지나 누이와 자신을 무시하는 임형석과 관계를 맺는다면 결국 파경을 맞이하고 말 것이다.

자신 이외엔 모든 것이 발아래에 있다고 믿는 그에게서 누이와 조카들이 구원을 받을 수 있다면 기꺼이 영혼을 팔 준비가 된 염상철이었다.

염상철이 이런저런 생각에 잠겨 있을 때다.

딸랑!

레스토랑 문이 열리면서 두 명의 사내가 모습을 드러냈다.

그는 두 사람을 보자마자 손을 번쩍 들었다.

"여기, 여깁니다!"

깔끔한 정장에 뿔테안경을 쓴 청년은 키가 크고 기골이 좋은 서양인 사내와 함께 자리에 앉았다.

"안녕하십니까? 오래 기다리셨지요?"

"아닙니다. 이렇게 만날 수 있다는 것이 어디입니까?"

"죄송합니다. 저희가 워낙 만나봐야 할 투자자가 많아서 말입니다."

"이해합니다."

이윽고 염상철은 그를 임형석에게 소개했다.

"매형, 제가 말씀드린 존 박 사장님이에요."

"만나서 반갑습니다. 임형석이라고 합니다."

"말씀 많이 들었습니다."

두 손을 마주 잡은 두 사람에 이어 서양인 사내가 손을 내밀었다.

"벨기에에서 온 판테르 플레텐입니다."

"반갑습니다, 판테르 박사님. 박사님의 명성은 귀가 따갑게 잘 듣고 있습니다."

"별말씀을요."

간단한 인사를 끝낸 두 사람은 자리에 앉아 웨이터를 불렀다.

따악!

"주문 좀 합시다."

"네, 손님."

"오늘은 뭐가 맛있나요?"

"부드러운 새끼 양 안심과 머슈름 소스를 곁들인 스테이크가 좋습니다."

"그럼 그것으로 하나, 나머지는 어떻게 하실 겁니까?"

"저도 같은 것으로, 그리고 이쪽은……."

판테르가 염상철 일행을 바라보자 두 사람은 고개를 가로저었다.

그러자 웨이터는 눈치껏 주문을 받아 적었다.

"그럼 양고기 스테이크 2인분 맞으시지요?"

"네, 그렇습니다."

"감사합니다. 잠시만 기다려 주십시오."

이내 주문을 마친 두 사람에게 임형석이 슬슬 간지러운 입을 열었다.

"식사를 하시기 전입니다만, 일 얘기를 좀 해도 되겠습니까?"

"아……."

상당히 피곤한 기색이 역력한 판테르에게 임형석이 꾸벅 고개를 숙였다.

"죄송합니다만, 제가 궁금한 것은 정말로 못 참는 성격이라서 말입니다."

"흠, 뭐 그렇다면 어쩔 수 없지요."

판테르는 테이블 냅킨을 차분하게 내려놓은 후 그의 말에 귀를 기울였다.

그러자 신이 난 임형석이 속사포처럼 질문을 늘어놓았다.

"현재 박사님께서 발견하신 광산의 매장량은 얼마나 될 것 같습니까? 아니, 그것보다도 실제로 보석으로 사용할 수 있는 다이아몬드가 많이 들어 있을까요? 그렇다면 가격은 얼마 정도……."

"좀 천천히 말씀해 주시겠습니까? 제가 오늘 말을 너무나 많이 들어서 정신이 좀 없네요."

임형석은 판테르가 브레이크를 걸었음에도 불구하고 말을 멈추지 않았다.

"제가 머리를 싸매고 생각해 보았습니다만, 과연 이 광산에 투자 가치가 있다면 왜 지금까지 표면상으로 드러나지 않았는지 궁금합니다."

"흠, 좋습니다. 그럼 그에 대한 모든 것을 한마디로 정리해 드리지요."

그는 아주 오래된 문장을 하나 꺼내어 테이블 위에 올려놓았다.

"이게 뭡니까?"

"네덜란드계 귀족의 문장입니다. 지금은 영국계 대부호와 합작해서 거대한 항공회사를 경영하고 있지요."

"그런데 이것이 지금 이 일과 무슨 상관이란 말입니까?"

"제 논문을 읽어보셨으면 아시겠지만, 당시 그곳에서 철수한 사람들은 네덜란드 귀족이었습니다."

"그렇지요."

"그 논문에 나오는 사람들이 바로 이 귀족들입니다. 현재는 아인트 항공을 경영하고 있지요."

"아아……!"

"당시 아인트 가문은 금광을 개발하려다 어부지리로 다이아몬드 광산을 발견했습니다. 그리고 그곳에서 얻은 수익으로 지금의 아인트 항공을 세운 겁니다. 단 5년 만에 최고의 부호가 된 그들이 어째서 광산을 버리게 되었을까요?"

"글쎄요."

"그건 바로 2차 세계대전 때문이었습니다. 당시 나치는 유럽 전역을 점령하면서 세력을 넓히고 있었습니다. 그때 네덜란드의 식민지이던 인도네시아에 잠시 함대를 정박하게 되지요."

그는 지도에 나온 지역을 손가락으로 가리키며 말했다.

"이곳에 독일군 함대가 주둔하게 되면서 인근 지역은 일시적으로 군수기지로 변해 버렸습니다. 그와 동시에 항공포대를 설치할 고지를 찾아 떠나게 되지요. 그러다 우연히 이 금광을 발견한 겁니다. 그 당시 아인트 가문은 광산을 버리지 않고 아주 조금씩 다이아몬드를 생산해서 영국과 프랑스 등지에 팔았습니다. 그 반응은 엄청났고, 특유의 인장은 마치 다이아몬드의 보증수표처럼 쓰이곤 했습니다."

"그렇다면 히틀러가 그것을 가만두지 않았을 텐데요?"

"네, 맞습니다. 바로 그 때문에 광산이 다시는 빛을 볼 수 없게 된 겁니다. 2차 세계대전이 일어나기 전까지만 해도 그곳은 금역처럼 여겨지진 않았습니다. 그런데 히틀러가 그곳을 금지구역으로 지정하면서부터 얘기가 바뀌었습니다. 히틀러는 그곳을 자신의 비자금 창고로 사용할 목적으로 아예 기록 자체를 없애 버린 겁니다."

"그래서 아무도 모르는 다이아몬드 광산이 되어버린 것이군요."

"네, 그렇습니다. 히틀러는 전쟁자금으로 다이아몬드를 생각하고 있었지만, 생각보다 전쟁은 일찍 끝나 버렸습니다. 그런데 문제는 그즈음에 아인트 가문의 총수인 아인트 뤼베르트가 목숨을 거둔 것이지요. 그때부터 이곳은 폐광으로서 사람들의 기억 속에서 잊혀갔습니다."

"아아!"

"이제야 좀 아시겠습니까, 그곳이 어떤 곳인지?"

"그, 그렇군요!"

이윽고 맛있게 익은 양고기 스테이크가 나왔고, 두 사람은 허기진 배를 채우기 위해 포크질을 시작했다.

임형석은 한껏 상기된 표정으로 두 사람을 바라보고 있었다.

아마도 그의 눈동자에는 탐욕으로 물든 서리가 조금씩 어리고 있을 것이다.

'결국 미끼를 무는군.'

욕심이 많은 물고기는 미끼를 깊숙이 물어 도저히 빠져나
갈 수 없는 사태를 자처하곤 한다.

염상철은 임형석이 마치 멍청한 물고기처럼 천지 분간도
못하는 놈이라고 생각했다.

하지만 그의 성정을 생각하면 이것은 필연적인 일이었는
지도 모른다.

*　　*　　*

다음 날, 임형석은 사장의 직무도 내팽개친 채 인도네이사
수마트라 섬으로 향했다.

아니마티 섬 인근은 벌써 벌목은 물론이고 인부들이 머물
고 있는 숙소까지 전부 완성된 상태였다.

겉모습으로만 본다면 마치 대형 발굴 현장을 방불케 할 정
도였다.

임형석은 바쁘게 움직이는 인부들을 바라보며 아주 만족
스러운 미소를 지었다.

"하하, 역시 현장은 이렇게 활기찬 모습이 보기 좋지요!"

"이곳의 인부들은 각 파트에 맞게끔 고용한 전문가들입니
다. 최소한 삽질만 10년 이상 해야 이곳에 올 수 있다는 소리
지요."

"역시……!"

지금 임형석은 팥으로 메주를 쑨다고 해도 믿을 것이다.

이제 이곳에 조금만 더 양념을 해주면 그가 완전히 속아 넘어갈 것이 분명했다.

저 멀리 광산 입구에서부터 한 청년이 수레를 이끌고 미친 듯이 달려 나왔다.

"시, 심봤다! 심봤어!"

"뭐야? 무슨 일이야?"

"이, 이것 좀 보라고! 한 수레에 다이아몬드가 무려 열 개나……!"

"허, 허억!"

만약 이것이 정말 사실이라면 광산 하나를 팔아서 수마트라 섬 전체를 사고도 남는다.

청년은 미친 듯이 폴짝폴짝 뛰며 기쁨을 표현했고, 그 주변의 동료들은 곧장 곡괭이를 들쳐 멨다.

"퉤! 이러고 있을 때가 아니지! 당장 안으로 들어가서 일하자고!"

"좋지!"

이윽고 그를 따라서 엄청난 덩치의 인부들이 줄을 지어 들어갔다.

임형석은 그 광경을 가만히 바라보다 이내 고개를 돌려 염상철을 불렀다.

"…처남, 내가 저번에 말한 그 대출 건은 어떻게 되었나?"

"대출 승인이 났습니다. 한 100억쯤 대출이 가능할 것 같다고 하더군요."

"뭐? 그렇게나 적어?"

"일단 회사의 재산을 담보로 잡았고, 회사의 건물과 상호는 담보로 잡지 않았습니다."

그는 고개를 가로저었다.

"아니, 모두 다 담보로 잡아. 어차피 팔 회사라면 아끼지 말자고."

"진심이십니까?"

"물론!"

일단 염상철은 그를 말리고 보았다.

"매형, 진정하시죠. 아직 저들이 진짜 회사를 가지고 있는지도 확인하지 못했습니다. 그런데 전 재산을 쏟아붓는다고요?"

"그, 그래도……."

"확인해서 나쁠 것은 없습니다."

"흠, 그건 또 그렇군."

염상철은 일부러 그가 조금 더 많은 돈을 투자하게 만들기 위해서 계약을 지연시킨 것이다.

아마 그는 상장된 회사의 등기부등본을 확인한다면 당연히 전 재산은 물론이고 집까지 담보로 잡을 것이다.

한마디로 그는 빈털터리가 되어 거리에 나앉는 일만 남은 셈이다.

자카르타에 위치한 시청 민원처리실.

이곳에서는 해당 기업의 등기부등본을 열람할 수 있었다.

시청 직원은 염상철이 원하는 대로 'SLK 홀딩스'라는 상호를 가진 투자기업에 대한 등기부등본을 가지고 나왔다.

"이것 맞으시죠?"

"네, 그렇습니다."

기업에 대한 자세한 기록이 나와 있는 서류를 받은 임형석은 무릎을 쳤다.

"그래, 바로 이거야! 처남, 어서 한국으로 가자고!"

"그럼 투자하기로 결정하신 겁니까?"

"이 친구, 당연하지. 난 아까부터 이미 결심을 했어. 자네가 말려서 유보하고 있었을 뿐이지."

"흠, 그렇군요. 알겠습니다. 그럼 대출을 받아서 계약을 진행하도록 하겠습니다."

"그래, 그렇게 해주게."

그는 자신이 일확천금의 주인공이 될 것이라고 믿어 의심치 않았다.

하지만 모든 것이 밝혀지고도 저런 표정이 될지는 의문이다.

＊　　＊　　＊

한국 제1금융 농협 광주지점.

이곳은 지금까지 청미식품에 대출을 지원해 주었던 곳이다.

무려 20년간이나 연을 맺고 있던 만큼 회사 내부 사정에 대해 상당히 잘 알고 있었다.

하지만 그들이 분식회계를 하고 있는 줄은 꿈에도 모르고 있을 것이다.

광주지점장 여만식은 자신을 직접 찾아온 대표이사 임형석을 맞이하여 자신이 해줄 수 있는 금액에 대해 설명했다.

"지금 자네가 가진 지분과 사유재산을 모두 담보로 잡는다면 300억까진 생각해 볼 수 있겠어."

"그, 그렇게나 조금?"

"이것도 요즘 경기에 비해 꽤 많이 해주는 걸세. 자네도 잘 알잖나? 원래 1금융권 대출이 상당히 까다롭다는 것을 말이야."

"흠……."

"나름대로는 신경을 쓴다고 썼는데, 자네의 입장에선 별로 마음에 들지 않는 모양이군."

그는 고개를 가로저었다.

"아니, 아닐세. 300억이면 꽤 큰돈이지."

여만식은 그에게 담배를 한 개비를 권하며 말했다.

"내가 자네니까 이렇게까지 밀어주는 거야. 그렇지 않았으면 턱도 없다고."

"하하, 그래, 고맙네."

두 사람은 젊어서부터 대출 문제로 자주 얼굴을 맞대어왔기 때문에 20년 된 친구라고 할 수도 있었다.

하지만 사적인 자리에서 담소를 나눈 경험은 그다지 많지 않기 때문에 그리 친하다고도 할 수 없었다.

기껏 해봐야 이렇게 담배나 나누어 피우는 정도이지 동문수학한 친구처럼 정을 나누었다곤 할 수 없었다.

이윽고 재빨리 담배를 모두 다 피운 임형석은 자리에서 벌떡 일어선다.

"아무튼 고맙네, 대출금은 계좌로 송금되는 것 맞지?"

"으, 응. 그런데 벌써 가려고?"

"내가 요즘 좀 바빠서 말이야. 사장이 되고 나니 이것저것 챙길 게 좀 많군."

"그래, 사장이라는 자리가 다 그렇지, 뭐. 힘내게."

"고마우이!"

그는 이내 광주지점에서 모습을 감추었다.

농협 광주지점에서 그리 멀지 않은 곳에는 제2금융권인 신협이 위치하고 있다.

신협은 농협처럼 1금융권 특유의 까다로운 절차가 없고 대부분 명의만 가지고 있어도 대출이 가능했다.

대신 심각한 대출 결격 사유가 발견된다면 즉시 대출 자격이 정지되었다.

그는 자신의 가산을 가진 아내의 명의로 제2금융권에서 대출을 받아 투자금에 보태기로 했다.

신협 광주지점장 예성문은 연신 고개를 갸웃거렸다.

"50억이라……. 이렇게 많은 돈이 갑자기 왜 필요하다는 건지 모르겠군요."

"자네가 알다시피 우리 회사는 오래전부터 현금 수급이 어려웠다네. 아주 일시적인 현상으로 가끔 일어나는 일이니 신경 쓸 필요 없어."

"흠……."

예성문은 광주제일고 출신의 은행원으로 임형석과는 동문이자 선후배 사이다.

하지만 워낙에 성격이 꼼꼼하고 날카로운 예성문인지라 대출 심사에서 통과한다고 해도 대출이 쉽지가 않았다.

"성문이 자네가 나에게 이러면 안 되지. 내가 이 지점에서 끌어다 쓴 돈이 얼마인데."

"그래도 선배님, 이미 농협에서 대출을 받으셨잖습니까?"

"그래서 아내의 명의로 대출을 받는다고 하잖아."

그의 아내는 자신의 명의로 된 부동산으로 자주 재테크를 하곤 했는데, 대부분은 남편 임형석의 지시에 따른 것이었다.

그 때문에 그녀의 신용 점수는 생각보다 꽤 높은 편이었다.

결국 예성문은 가슴속에서 치밀어 오르는 불신을 짓누르지 못한 채 대출 승인을 내리고 말았다.

쾅!

"뭐, 좋습니다. 대출, 해드리지요."

"오오, 정말인가?!"

"하지만 꼭 갚으셔야 합니다. 그렇지 않으면 제가 거리에 나앉습니다. 아시죠?"

"물론이지! 나만 믿으라고!"

마치 벌써 부자라도 된 듯 한껏 들뜬 그는 이내 다시 제3금융권을 찾아 자리에서 일어섰다.

*   *   *

자신, 아내, 아들, 딸까지 모든 일가족의 명의를 이용하여 대출을 받은 임형석은 무려 400억이라는 돈을 마련할 수 있었다.

이제 그는 자동차를 탈 때 사용할 기름값 하나 남지 않은 상황이었다.

그는 이 돈을 가지고 말레이시아로 직접 날아가 계약하기로 했다.

비행기에서 말레이시아로 향하는 내내 흥분을 감추지 못하던 그는 뜬눈으로 자카르타에 도착했다.

존 박은 그를 보자마자 원기회복제를 한 병을 건넸다.

"상당히 피곤해 보이시는군요. 일단 이것이라도 드시지요. 계약서를 읽으셔야 하는데, 정신을 놓으시면 곤란하지 않겠습니까?"

"…고맙습니다."

꿀꺽!

피곤함을 몰아내기 위해 마신 원기회복제의 효과는 그야말로 놀라움 그 자체였다.

"오호! 눈이 번쩍 뜨이는군요."

"그렇지요? 제가 가끔 마시는 겁니다. 아마 계약을 끝내고 한국에 돌아가실 때까진 괜찮으실 겁니다."

"고맙습니다."

이어 그는 계약서에 나온 내용을 꼼꼼히 살펴보곤 이내 25장이 넘는 계약서에 일일이 서명했다.

그의 인감과 함께 자필 서명, 심지어는 지장까지 죄다 찍은 그는 계약서에 자신의 흔적을 잔뜩 남겼다.

이렇게 해야 나중에 투자금 배분에 문제가 생기지 않을 것이라고 생각한 것이다.

무려 30분 이상 걸린 계약은 약기운이 거의 다 사라질 때쯤에 끝이 났다.

"됐습니다. 계약 완료입니다. 이제 사장님께선 우리 회사에 대한 지분을 35% 가지고 계신 겁니다. 나중에 이 돈을 두 배, 세 배로 불려서 돌려드리겠습니다."

"하하, 그래요. 고맙습니다!"

"후후, 별말씀을요."

계약을 마친 임형석은 이내 염상철과 함께 자카르타 공항으로 향했다.

늦은 오후, 임형석은 염상철과 함께 자카르타 공항을 찾았다.

한데 염상철이 출입국 게이트 앞에서 발걸음을 멈추었다.

"저, 매형."

"왜 그러나?"

"너무 배가 아파서 그런데 가방을 좀……"

"못 참을 정도인가?"

"아, 아까 먹은 음료수가 잘못된 모양입니다."

"그래? 그럼 가방 주고 어서 다녀오게."

"네, 알겠습니다."

이윽고 그는 화장실을 향해 부리나케 달려갔고, 임형석은 그런 그를 바라보며 실소를 흘렸다.

"후후, 싱거운 사람 같으니."

그는 화장실을 간 처남을 기다리는 동안 자신이 투자한 계약서를 다시 한 번 훑어보았다.

분명 상호 간의 도장이 모두 다 찍혀 있고 그에 대한 잔금을 치렀다는 영수증까지 첨부되어 있다.

이제 그는 명실상부한 다이아몬드 광산의 주주가 된 것이다.

'이 얼마나 고대했던 순간인가?

그는 한국으로 돌아가자마자 회사를 매각시킨 후 곧장 미국으로 잠적할 생각이다.

당분간 물타기 증자 등에 대한 혐의를 벗을 수 없기 때문이다.

이럴 땐 그저 일이 잠잠해질 때까지 몸을 피하는 것이 상책이었다.

이윽고 그는 자신의 손목에 채워진 시계를 바라보며 주변을 두리번거렸다.

"이 친구는 왜 안 오는 거야? 무슨 일 있나?"

그는 가방을 가지고 공항 화장실로 향했다.

총 열 개의 변기가 늘어서 있는 공항 화장실 문을 일일이 두드린 그는 처남을 불렀다.

"상철이, 자네 거기 있나?"

"…사람 잘못 봤습니다."

"아, 네."

결국 열 번째 칸까지 모두 뒤질 때까지 염상철의 모습은 보이지 않았다.

"도대체 이게 무슨……."

바로 그때였다.

"컹컹!"

"저기 있다!"

임형석은 자신을 향해 달려오고 있는 경찰특공대를 바라보며 고개를 갸웃거렸다.

"어라?"

하지만 그는 이내 특공대에게 진압당하고 말았다.

뚜둑!

"으어어어억!"

"꼼짝 마! 움직이면 발포하겠다!"

"저, 저, 이, 이게 무슨……."

"끌고 가자."

"예, 팀장님!"

그는 결국 영문도 모른 채 공항에서 체포되어 경찰서로 끌려가고 말았다.

*　　　*　　　*

자카르타 중앙경찰서로 잡혀온 임형석은 무척이나 황당한 소리를 듣게 되었다.

인도네시아 경찰은 지금 그가 마약을 밀매하는 SLK사의 등기이사라고 말했고, 그 증거로 40%에 육박하는 지분을 내세웠다.

임형석은 억울함을 토로했다.

"나는 다이아몬드 광산이 있다고 해서 투자한 것뿐입니다! 정말이란 말입니다!"

"다이아몬드 광산? 그건 또 무슨 황당한 소리요? 다이아몬드 광산이라니?"

"자, 이것을 좀 보십시오! 여기에 관련 논문은 물론이고 광산 내부에 얼마나 많은 다이아몬드가 매장되어 있는지도 나와 있지요!"

경찰은 논문을 받아 들더니 이내 그 저자와 논문에 대한 조사를 의뢰했다.

인터폴은 논문에 대한 정보를 검색하더니 5분 내로 불일치 판결을 내렸다.

"자, 보십시오. 이 판테르라는 사람은 아예 존재하지도 않습니다. 학위는 무슨, 신분 자체가 없는 유령이란 말입니다."

"그, 그럴 리가……?"

"더군다나 당신이 계약한 이 회사는 동명 SLK물산의 이름에 자신들의 이름만 덧붙여서 계약서를 작성했더군요."

"그, 그게 무슨 소리입니까?! 그건……."

"이런 물러터진 양반 같으니, 당신은 지금 사기를 당한 겁니다. 이제 보니 지명수배자가 아니라 피해자였군그래."

"……."

"일단 참고인 조사를 받아야 하니 잠시 계십시오. 조사가 끝나면 인터폴에서 당신을 한국까지 바래다 드릴 겁니다."

임형석은 그제야 자신이 어떤 상황에 처했는지 깨달았다.

'망했나?'

마치 유체이탈을 한 듯한 그의 표정. 경찰은 임형석의 어깨를 두드려 주었다.

"힘내요."

"……."

여전히 그는 아무런 말이 없었다.

자카르타에서 돌아온 임형석은 자신의 회사가 산산조각이 났다는 것을 알 수 있었다.

무려 400억이나 되는 부채를 감당하기엔 회사의 내실이 너무나도 부실했던 것이다.

거기에 주주들과 이사진이 주식을 모두 팔아치우고 잠적하는 바람에 회사의 부채는 임형석 본인이 짊어질 수밖에 없었다.

주주들은 물론이고 원래 대표이사이던 김청미 역시 주식을 아주 깔끔하게 정리해 버렸다.

한마디로 지금 청미식품의 주식은 거의 휴지조각이나 다름없다는 소리였다.

그는 한국에 돌아오자마자 염상철을 찾아다녔다.

하지만 그는 그 어디에서도 찾을 수 없었고 아내 염상희 또한 이미 아이들을 데리고 잠적한 후였다.

그리고 그녀는 임형석에게 이혼신청서를 보냈는데, 도장을 찍으면 서로 남남이 되는 것이다.

아마도 그녀는 이 사실을 처음부터 알고 있었던 모양이다.

"제기랄!"

홀로 집에 남은 임형석은 수돗물과 함께 소주를 마셨다.

잘나가는 사업가에서 순식간에 무일푼 거지로 전락한 그는 자신이 이루었던 구름 계단을 돌아보았다.

회사는 지금 공매에 넘어갔고 집에는 차압 딱지가 덕지덕지 붙어 있다.

그나마 지금은 집이 공매에 넘어가기 전이라서 잠이라도 잘 수 있지만 불과 일주일후면 집에서도 쫓겨날 것이다.

"인생 참 허무하구나."

사람은 자신이 무너지는 순간에서야 얼마나 그릇된 삶을 살아왔는지 깨닫게 된다고 한다.

임형석 역시 자신이 얼마나 그릇된 삶을 살았는지 깨닫고 있는 것 같았다.

*　　　*　　　*

청미식품은 법원 경매로 새로운 오너를 찾았고, 청미는 자신의 명의로 된 돈으로 회사를 되찾았다.

강수는 그녀에게 비밀계약서를 작성하여 명의를 빌리는 이른바 '바지사장' 을 부탁한 것이다.

결국엔 강수가 빼돌린 비자금으로 되찾은 회사지만 그 모든 자금은 법적으로 청미의 것이 된 셈이다.

하지만 이 계약 또한 공중을 거쳤기 때문에 10년간 유효했다.

강수는 한국에서 잡은 어종들과 중국에서 채취한 원자재를 판매할 임시 거처를 마련하는 것이 목표였다.

지금 중국과 일본에 많은 현금을 동원하는 바람에 강수는 가지고 있는 자금이 별로 없었다.

이제 슬슬 현금이 돌 테니 중국과 일본에 벌여두었던 사업도 안정을 되찾을 것이다.

다시 중국의 사업장으로 돌아가는 강수, 그런 그에게 청미는 선물을 하나 건넸다.

"자, 받아요."

"이게 뭡니까?"

"우리 아버지의 인감도장이요."

"회사 대표이사의 인감이 아닙니까? 이걸 나에게 왜……."

"당신이 진짜 사장이라면서요. 바지사장이 인감을 가지고 있을 수는 없잖아요."

그는 슬그머니 미소를 지었다.

"아주 꽉 막힌 사람은 아니군요?"

"그런 사람은 이 실장이죠. 나는 그렇게 꽉 막힌 사람이 아니에요."

청미는 자신을 믿어주었던 주주들과 이사진을 다시 회사로 불러들였고, 예전의 모습을 되찾기 위해 고군분투했다.

강수가 그녀에게 돌려줄 이익금은 약 15%, 이 정도만 되어도 회사가 일어나는 데 큰 무리는 없을 터였다.

그 외에 청미식품에서 직접 생산하고 출하하는 상품은 회사로 다시 환원되어 재투자될 것이다.

이렇게 두 사람은 공생관계가 되었다.

"그럼 저는 갑니다."

"살펴 가세요."

조만간 다시 돌아올 강수지만 그녀는 아주 오랫동안 그에게 손을 흔들어주었다.

제8장
배움에는 나이가 없다.

이른 아침의 강성마을.

강수네 집이 분주하게 움직이고 있다.

오늘은 강수네 집이 강릉으로 이사를 하는 날이라 근방에 살고 있던 현우와 같은 강릉에 사는 은미까지 손을 보태기로 했다.

사실 이사라는 것이 상당히 손이 많이 가는 일이기 때문에 어지간하면 이삿짐센터를 부르는 것이 가장 편하다.

하지만 현우와 은미는 자신들이 직접 이사를 도와주어야 마음이 편하다면서 굳이 직접 이삿짐을 나르기로 한 것이다.

강수와 현우는 큰 짐을 옮겨 차에 실었고, 은미와 희수는 자잘한 짐을 한곳에 모아 짐칸 구석에 차곡차곡 쌓았다.

게다가 그 곁에는 은미의 딸 설화까지 나서 고사리손으로 짐을 나르고 있었다.

"어이, 다들 이것만 나르고 점심 먹자고!"

"그럴까?"

슬슬 쉬었다 일을 마무리하려던 강수와 일행에게 설화가 일침을 가했다.

"아니, 그러면 안 돼요!"

"뭐?"

"사람이 일을 시작했으면 끝을 봐야죠."

"그, 그래도 사람이 쉬어가면서 일을 해야……."

"으음, 안 돼요. 우리 할머니가 사람은 한번 시작한 일은 끝까지 해야 한다고 했어요. 쯧쯧, 아저씬 밥 굶기 딱 좋네요."

강수와 현우는 실소를 흘렸다.

"그래? 내가 그래 보여?"

"우리 할머니가 알았으면 등짝을 파리채로 막 때려주었을 텐데 아깝네요."

"하하, 하하하하!"

설화의 엉뚱한 일침에 일행은 배를 잡고 웃었다.

그러자 설화는 기분 나쁘다는 듯 인상을 잔뜩 찌푸렸다.

"왜요? 내가 틀린 말 했어요? 왜 웃어요?"

"하하, 아니야. 내가 잘못 생각했어. 다들 일 끝내고 나서 쉬자고!"

"그래, 그렇게 하자."

은미는 조금 당혹스러운 표정으로 강수를 바라보았다.

"미안. 우리 옆집 할머니께서 가끔 설화를 봐주시거든. 그분이 정말 억척스럽게 사시는데 그 사상이 전염되었나 봐."

"뭐, 그럴 수도 있지. 그리고 억척스럽게 사는 것이 안 좋은 일도 아니고."

"그렇게 생각해 주면 고맙고."

"아무튼 이것만 빨리 마무리한 후 식사하도록 하자고."

"그래."

네 사람은 서둘러 짐을 날랐다.

*　　*　　*

오늘 식사는 희수가 직접 뽑은 면발과 강수가 볶은 짜장으로 만든 간짜장이다.

중국식 프라이팬에 각종 채소를 큼직하게 썰어 넣은 후 돼지고기와 춘장을 넣고 같이 볶으면 흔히 알고 있는 짜장면이

탄생한다.

강수는 거기에 몸에 좋은 해산물과 각종 약초를 넣고 볶아 여름 보양식으로도 전혀 손색이 없도록 만들었다.

오늘 넣은 재료는 몬스터들이 직접 잡은 자연산 해산물로 그 싱싱함은 산지와 다를 바가 없었다.

아궁이의 센 불에서 직접 볶은 짜장의 맛은 그야말로 천하일품이었다.

"후루룩! 으음, 맛있다!"

"먹을 만해?"

"먹을 만하다니? 아주 제대로인데?"

"후후, 그렇다면 다행이고."

강수는 일행이 짜장면을 먹는 동안 옆에서 미리 튀겨놓은 탕수육을 한 번 데운 후에 특제 소스를 부어 완성시켰다.

역시 짜장면에는 탕수육이 빠질 수 없다는 것이 강수의 지론이었다.

한데 그 광경을 바라보는 설화의 눈빛이 예사롭지 않았다.

"흠, 아저씨는 다 좋은데 하나가 부족하네요."

"뭐?"

"탕수육은 소스에 찍어먹어야죠. 쯧쯧, 이제 보니 완전 하수구먼?"

"그, 그런가? 탕수육은 소스에 찍어 먹어야 하나?"

"물론이죠!"

강수는 잘 튀겨진 탕수육을 소스에 넣고 한 번 더 볶아서 완성시켰는데, 이렇게 하면 탕수육 고유의 바삭함은 그대로 남고 부드러운 식감이 더해진다.

또한 소스가 고기에 속속 스며들어 씹을 때마다 새콤하고 달콤한 소스의 향기 느껴진다.

지금까지 강수는 이렇게 탕수육을 만들어 욕을 먹어본 적이 한 번도 없었는데, 찍어 먹는 것을 좋아하는 사람들도 식감이 좋다고 칭찬했기 때문이다.

하지만 그는 모든 사람의 취향을 고려하지 않았다는 것을 그제야 깨달았다.

100명 중 한 명이라도 요리가 맛이 없다면 방법을 바꾸어 개발하는 것이 옳았다.

"미안하구나. 아저씨가 미처 그것까진 생각을 못했어."

"뭐, 그래도 먹을 만할 것 같긴 하네요. 냄새가 좋잖아요?"

"그, 그렇구나. 다행이네."

도무지 이 아이의 정신연령이 과연 몇 살인지 궁금해지는 강수다.

그런 강수에게 다가온 은미는 난감한 표정을 지었다.

"어머나, 미안해! 너도 어서 사과해야지!"

"응? 내가 왜?"

"아저씨가 더운데도 열심히 음식을 해주셨는데 그렇게 버릇없이 굴면 못 쓰는 거야!"

"하지만……."

"어서!"

설화는 울상이 되어 강수에게 꾸벅 고개를 숙였다.

"…미안합니다."

"미안? 죄송하다고 해야지."

"…죄송."

"어허! 설화 너!"

설화는 자신이 지금 무엇을 잘못한 것인지 모르는 모양이다.

만약 자신이 잘못된 언사를 행했다는 사실을 어렴풋이나마 알았다면 이렇게까지 반항하지는 않았을 것이다.

끝내 설화는 바짝 화가 나서 종종걸음으로 도망치기 시작했다.

"엄마 미워! 아저씨도 미워!"

"서, 설화야……."

"힝!"

은미는 도망가는 설화를 바라보며 깊은 한숨을 내쉬었다.

"휴우……."

"괜찮겠어? 따라가서 잡아야 하는 것 아니야?"

"가보긴 해야 하는데……."

그녀는 상당히 지쳐 보이는 얼굴이다.

"아이에게 아빠가 없어서 저러는 것 같아. 내가 교육을 시킬 입장이 못 되니까."

"아니, 그렇지 않아. 자기주장이 뚜렷한 거야. 머리가 좋은 아이들이 저렇게 자기주장이 뚜렷하다고 하더라고."

"…말이라도 고마워."

그녀는 설화가 속을 썩일 때마다 아버지의 빈자리가 더욱 크게 느껴지는 모양이었다.

무자식이 상팔자라는 말이 있긴 해도 설화는 지금까지 그녀에게 큰 버팀목이 되어주었다.

하지만 아이가 점점 더 커 갈수록 여자 혼자 아이를 키우는 것이 힘에 붙이는 모양이다.

강수는 그런 그녀가 참으로 안쓰럽다고 느꼈다.

*　　　*　　　*

이사를 모두 끝마치고 난 다음 주말, 강수는 함께한 일행에게 온천 여행을 떠날 것을 제안했다.

일본 아오모리 현에 위치한 온천은 제법 쌀쌀한 날씨와 특유의 기후 덕분에 이색 여행을 떠나기엔 아주 제격이었다.

또한 방사능 수치가 정상이기 때문에 아이가 여행을 떠난다고 해도 무리는 없을 것이다.

일본 삿포로 공항에 도착한 강수는 현지에서 빌린 차를 이용하여 미리 예약해 둔 온천으로 향했다.

일행은 일본 온천 여행으로 인해 신이 나 있었지만, 유독 설화는 뾰로통한 표정이었다.

강수는 자신의 옆자리에 앉은 설화에게 말을 걸어보았다.

"설화야, 무슨 일 있어?"

"…없어요."

"표정이 좋지 않은 것 같은데? 정말 무슨 일 있는 것 아니야?"

"그런 것 아닌데요."

"그래? 하지만 이렇게 기분 좋은 여행에서 혼자만 인상을 찌푸리면 어떻게 해. 기분 나쁜 일이 있다면 풀어야지."

그녀는 슬그머니 눈치를 보더니 강수에게 속삭이듯이 말했다.

"…전 온천이 싫어요."

"뭐? 그럼 왜 따라온 건데?"

"엄마가 가자고 하니까."

"아아!"

그제야 강수는 아이가 왜 이렇게까지 심통이 나 있는지 알 수 있었다.

가뜩이나 저번 주에 엄마와 다투었던 것을 풀지 못한 상태에서 자신이 원하지도 않는 여행을 하니 심통이 날 수밖에 없었던 것이다.

"흠, 아저씨가 잘못 생각한 모양이야. 일행 중에서 온천을 싫어하는 사람이 있을 수도 있는데 말이야."

"하여간… 아저씨는 꼭 하나가 모자라다니까."

"후후, 미안하구나."

이윽고 강수는 운전석과 보조석 가운데에 있던 보관함에서 수족관을 꺼내어 설화에게 보여주며 말했다.

"네가 심심해할까 봐 친구를 데려왔어."

"친구?"

"짜잔!"

강수가 장막을 걷어내자 그곳에는 초록색 미니드래곤이 심기 불편한 얼굴로 앉아 있었다.

"……."

"어때? 파충류를 좋아한다고 해서 데리고 와봤어."

"우와! 아저씨 최고!"

두 개의 녹색 뿔과 긴 꼬리, 거기에 박쥐처럼 생긴 날개는 영락없는 드래곤의 모습이었다.

다만 그는 주변 사람들을 안심시키기 위해 날개와 뿔은 강수가 장식으로 단 것이라고 설정했다.

"어때?"

"좋아요! 이 도마뱀은 이름이 뭐예요?"

"아르테미스."

"아르테미스? 그게 이름이에요?"

"그렇다고 하더라고."

가끔 집으로 들어오기도 하던 아르테미스이기 때문에 현우와 희수는 그러려니 하는 눈치였고, 은미는 그녀가 상당히 불편한 모양이었다.

"어머나! 만지지 마! 강수야, 이거 정말 안전한 거야?"

"물론이지. 아마 지렁이보다 깨끗할걸."

"…기생충이 있을 것 같은데?"

"……."

상당히 불편한 표정의 아르테미스였지만, 설화는 그 모습마저 귀엽다고 느낀 모양이다.

"헤헤, 좋아요! 아저씨 최고!"

"그래, 여행을 하는 동안이라도 재미있게 놀자."

"네!"

"……."

아르테미스는 강수의 뇌리 속으로 텔레파시를 보냈다.

─이런 빌어먹을 꼬맹이의 보모 노릇이나 하라고? 차라리

사막에서 땅을 파라고 하지 그래.

─그래? 정말 그러고 싶어?

─젠장.

그녀는 별수 없이 1박 2일 동안 보모 노릇을 하게 생겼다.

*　　*　　*

강수 일행은 정갈하게 지어진 료칸에서 1박 2일 동안 지낼 예정이었는데, 이곳은 개인 방에 따로 온천이 준비되어 있었다.

그리고 료칸 중앙에는 오로지 자연수로만 용수를 조달하는 천연 대온천탕이 마련되어 있어 가족들이 함께 온천욕을 즐길 수 있었다.

설화는 목줄을 맨 아르테미스를 데리고 대온천탕으로 들어왔다.

"와아아! 목욕탕이다!"

"……."

40도가 넘는 온천탕이지만 드래곤에겐 그저 미적지근한 목욕물일 뿐이다.

피부의 두께가 인간과는 비교도 할 수 없을 만큼 두꺼운 드래곤은 200도가 넘는 불길도 거뜬히 버틴다.

그런 그들에게 목욕이란 그저 혹시나 있을 때를 제거하는 귀찮은 의식에 불과했다.

하지만 아르테미스는 강수의 명령에 불복할 수가 없었기 때문에 그럭저럭 설화의 기분을 맞춰주었다.

덕분에 강수의 일행은 가벼운 마음으로 온천욕을 즐길 수 있었다.

"후우! 좋은데?"

"그러게 말이야. 도대체 이런 곳은 어떻게 알아봤어?"

"현지에 아는 사람이 있어서 말이야. 온천욕을 어떻게 해야 할지 물어보니 이곳을 추천하더군."

"오호, 그래? 네가 일본에도 연줄이 있었던가?"

평생을 강수와 함께 벌목업을 해온 현우에겐 일본의 인맥이라는 것이 상당히 낯설었다.

하지만 이미 강수는 중국과 일본에 회사를 설립한 상태이다. 당연히 일본과 중국에는 연줄이 생각보다 많았다.

"아무튼 좋은 장소를 찾아서 다행이다. 나는 너희가 별로 마음에 들어 하지 않으면 어쩌나 했거든."

"아니야. 정말 좋아. 세상에, 이런 호사를 다 누려보다니. 이사 한번 도와준 것치곤 꽤나 괜찮은 품삯인데?"

"후후, 그런가?"

잠시 후, 료칸의 주인장이 이곳의 특산물인 사케를 가지고 들어왔다.

"실례하겠습니다. 따끈하게 데운 사케를 가지고 왔습니다. 드시겠습니까?"

"오오, 좋지요!"

일본 전통주인 사케는 각 고장마다 특색을 가지고 있기 때문에 이것을 마시러 다니는 것 또한 여행의 재미 중 하나이다.

강수와 일행은 따끈하게 데워진 사케를 한 모금 맛보았다.

그러자 향긋한 쌀 냄새와 함께 알싸한 주향이 혀끝을 자극한다.

"크흐! 좋구나!"

"날씨는 적당히 선선하고 아래는 따끈하고 거기에 술까지 들어가니 정말 금상첨화구나!"

"마음에 드신다니 다행입니다. 술은 많으니 마음껏 드십시오."

"감사합니다."

인심이 좋아 보이는 주인장은 3리터짜리 술병 두 개를 놓고 밖으로 나갔다.

덕분에 네 사람은 온천욕에 술까지 즐기며 오랜만에 진정한 휴식을 취할 수 있었다.

　　　　　*　　　*　　　*

　온천에서 적당히 술을 한 잔씩 마신 일행은 저녁과 함께 소주를 마시기로 했다.

　오늘 마실 소주는 한국에서 직접 공수한 최상품으로, 본토에서도 쉽사리 마셔볼 수 없는 물건이다.

　오로지 안동 현지에서만 구할 수 있는 이 술은 소주의 명인이 직접 빚고 도자기의 명장이 일주일을 공들여 만든 잔과 술병에 담아 판매한다.

　때문에 가격이 어지간한 빈티지 와인보다 더 비싸게 팔리지만 맛은 그 어떤 술보다 깊이가 있었다.

　단맛이 없고 향이 진한 것이 특징인 안동소주 중에서도 최상품은 가히 목이 타들어가는 듯한 고도수이다.

　그럼에도 불구하고 다음 날 숙취가 전혀 없고 어떤 음식과도 궁합이 잘 맞았다.

　일행은 한국인의 입맛과는 조금 다른 일본 음식으로 한상 차려놓고 그것을 적당히 한국식으로 버무려 주는 소주의 맛에 엄지를 치켜들었다.

　"이야, 느끼하거나 단맛이 하나도 안 느껴지네! 신기한데?"

　"이게 바로 소주의 매력이라고 하더군. 왜 사람들이 소주를 귀한 술이라고 하는지 알겠지?"

"그러게 말이다."

일본 현지의 소주 역시 그 품질이 상당히 높지만 오늘 가지고 온 이 명품소주는 진정한 오리지널이다.

당연히 이 맛을 따라갈 수 있을 리가 없었다.

일행이 술을 한 잔 두 잔 비워 나가고 있을 무렵, 설화는 아르테미스와 함께 고기 종류를 먹고 있다.

"아아, 어서 먹어!"

"…쩝쩝."

굳이 음식을 섭취하지 않아도 살아갈 수 있는 드래곤에게 튀김이나 쇠고기 볶음은 그저 배설물을 만들어내는 수단에 불과했다.

그럼에도 아르테미스는 음식을 꽤나 잘 받아먹었다.

은미는 아까부터 사람이 먹는 음식을 아무것이나 막 먹이는 설화를 바라보며 강수에게 물었다.

"파충류인데 저렇게 아무것이나 막 먹여도 괜찮아?"

"괜찮아. 잡식성이라서 사람이 먹는 음식을 줘도 괜찮다고 하더라고."

"……."

아르테미스 본인은 정작 별다른 말을 하지 않았지만 강수는 설화를 위해 거짓말을 했다.

하지만 아주 거짓말은 아니니 크게 신경 쓸 일은 없을 듯했다.

은미는 설화를 위해 값비싼 파충류(?)를 빌려준 강수에게 감사의 인사를 전했다.

"고마워. 요즘 설화가 부쩍 말이 없어져서 걱정이었는데 저런 파충류까지 데려와 주다니, 어떻게 고맙다는 말을 표현해야 할지 모르겠네."

"후후, 고맙긴 뭘. 원래는 거북이를 데려오려다가 도마뱀으로 바꾼 것뿐이야. 어쩐지 거북이보다는 도마뱀이 더 흥미 있어 할 것 같아서."

"그렇구나."

지금 자라는 중국 고비사막 복원현장에 투입되어 용수를 공급하고 있다. 하지만 만약 설화가 거북이를 마음에 들어 했다면 기꺼이 이곳으로 데리고 왔을 강수다.

그만큼 그는 설화에 대한 마음씀씀이를 아끼지 않고 있다는 뜻이다.

희수는 저번보다 훨씬 밝아진 설화를 바라보더니 이내 강수에게 물었다.

"오빠, 저렇게 좋아하는데 그냥 주면 안 돼?"

"뭐?"

"설화가 저 도마뱀을 저렇게 좋아하는데 그냥 주면 안 될까? 이틀 동안 붙어 있다가 떨어지면 슬퍼할 것 같은데."

"그건……."

진심으로 갈등하는 듯한 강수의 표정을 바라본 아르테미스가 눈을 부릅떴다.

─서, 설마 나를 이 꼬맹이에게 넘기려는 거냐?!

강수는 정말 아르테미스를 그녀에게 넘기려다 이내 정신을 차렸다.

"그럴 수는 없어. 아무리 설화가 좋아해도 내가 책임지기로 한 생물을 막 넘겨줄 수는 없어. 더군다나 저 도마뱀은 쓸데가 따로 있다고."

"하지만……."

"일에 관한 것이니까 어쩔 수 없어. 내가 나중에 비슷한 녀석으로 한번 구해볼게."

"그래, 알겠어."

그제야 아르테미스는 안심한 눈으로 다시 육아에 전념했다.

천하의 그린드래곤이 자신의 거처로 인해 이렇게까지 벌벌 떨어야 하다니, 아마 루아나드 대륙에서 보았다면 기가 차다고 했을 것이다.

하지만 무릇 모든 생물은 환경에 적응해야 한다. 그녀 또한 이 지구에서의 생활에 점점 적응해 나가고 있었다.

　　　　　*　　　*　　　*

　　다음 날, 일행은 북해도에 위치한 놀이동산에서 오후까지
머물기로 했다.

　　이것은 온천욕을 그다지 달가워하지 않던 설화를 배려한
일행의 결정이었다.

　　비행기 시간이 조금 촉박하긴 하지만 제 시간에 놀이동산
에서 나오기만 한다면 큰 문제는 없을 것이다.

　　미국의 유명 만화사에서 만든 이곳은 아이들이 좋아하는
캐릭터가 직접 돌아다닌다는 장점 때문에 큰 인기를 구가하
고 있었다.

　　모든 아이가 동경하는 풍경에 넋을 놓은 설화는 연신 소리
를 질러댔다.

　　"우와, 우와! 엄마, 저것 좀 봐! 오날드 덕이야!"

　　"그렇구나. 오날드 덕에게 인사해 봐. 선물을 나누어 주는
것 같아."

　　"그럴까?"

　　설화는 자신이 가장 좋아하는 캐릭터인 오날드 덕에게 다
가가 손을 흔들었다.

　　"안녕!"

그러자 오날드 덕이 설화에게 장미 모양의 막대사탕을 선물로 건네주었다.

전체적인 맛은 어떨지 알 수 없었지만 오날드 덕이 주었다는 것만으로도 설화는 무척 기뻐했다.

"헤헤, 아저씨! 이것 좀 봐요! 오날드 덕이 막대사탕 주었어요!"

"오오, 좋겠는데?"

"오늘 기분 좋아요! 기분 최고!"

아이가 기쁘다고 하니 덩달아 어른들의 기분까지 좋아진다.

"자, 그럼 오늘 한번 실컷 놀아볼까?"

"좋아요!"

일행은 설화를 데리고 놀이동산 이곳저곳을 돌아다니며 아이를 위한 휴일을 즐기기로 했다.

가장 먼저 도착한 곳은 놀이동산 내에 위치한 동물원이었는데, 각종 밀림생물이 가득한 곳임에도 악취가 나지 않았다.

덕분에 일행은 동물의 배설물 냄새를 맡는 고역을 치르지 않을 수 있었다.

특히나 파충류를 좋아하는 설화에게 이곳은 거의 천국이었으며, 유리관에서 눈을 떼지 못하고 있었다.

"와! 코모도 도마뱀이다! 아저씨, 저것 좀 봐요! 진짜 코모도 도마뱀이에요!"

"그래, 그렇구나. 그런데 설화는 코모도 도마뱀이 어떤 동물인지 알아?"

"그럼요! 코모도 섬에 사는 육식동물이에요! 침에는 박테리아가 있어서 잘못 물리면 폐사로 죽을 수도 있대요!"

막힘없는 설화의 답변에 강수는 물론이고 아이의 엄마인 은미 역시 적지 않게 놀라는 눈치였다.

설마하니 자신의 아이가 저렇게까지 머리가 좋다고 생각지 못한 것이다.

"서, 설화 너는 그런 것을 도대체 어디서 배웠어?"

"책. 가끔 TV에 나오기도 하는걸."

"그렇구나."

아마도 설화는 자신이 좋아하는 분야에 대해선 꽤나 깊이 있는 지식을 쌓고 있는 것 같았다.

그래서 강수가 탕수육을 튀길 때도 자신이 알고 지식을 동원한 것이다.

그러면서도 소수의 의견을 무시한 강수에게 일침을 가했고, 은미는 그런 설화를 다짜고짜 나무란 셈이다.

그제야 은미는 자신이 설화에게 어떤 잘못을 했는지 깨달은 모양이었다.

"…내가 내 아이에 대해서 아는 것이 별로 없구나."

"모든 부모들이 그렇지 않을까? 자신의 아이가 두각을 나타낼 때까지 자식이 어떤 분야에서 뛰어난 면모를 보이는지 알 수가 없잖아."

그녀는 고개를 가로저었다.

"아니야. 난 설화가 원래 뛰어나다는 것을 알고 있었어. 다만 그것을 인정하지 않았을 뿐이지. 그저 난 그 사람의 잘못을 아이에게 전가시키고 있었을 뿐이야."

"지금부터 그것을 인정하고 너 역시 아이에게 잘못을 시인한다면 충분히 해결이 가능하지 않을까?"

"…그럴 수 있을까?"

"당연하지. 저렇게 철이 없어 보여도 설화는 생각보다 속이 꽤 깊은 아이거든."

"그래, 고마워."

아이를 위한 시간을 갖고 있었지만 강수 일행은 설화에게서 많은 것을 배우고 있었다.

*   *   *

일본에서의 여행이 거의 끝나갈 무렵, 이제 어른들은 물론이고 설화까지 지친 기색이 역력했다.

하지만 설화는 여전히 특유의 생기를 잃지 않고 있었다.

"엄마, 놀이기구 타자!"

"또?"

"응!"

"…이제 그만 가야 해. 잘못하면 비행기를 놓친단 말이야."

"피, 그렇지만……."

"설화야……!"

순간적으로 설화에게 소리를 지르려던 은미는 가까스로 자신을 다잡았다.

"미, 미안. 엄마가 좀 피곤해서 말이 헛나왔나 봐."

"뭐, 괜찮아. 할머니가 사람은 피곤할 때와 술에 취했을 때엔 여지없이 실수를 한대."

"그, 그렇구나."

설화는 찰나의 순간 튀어나온 그녀의 실수를 그대로 끌어안았고, 기특하게도 먼저 자동차로 향했다.

"자자, 가요. 엄마나 많이 졸린 것 같아요."

"그래, 가자꾸나."

강수는 일행과 함께 공항으로 향했다.

일본에서 돌아와 강릉으로 향하는 길.

오늘 현우는 강릉에 있는 강수의 집에서 머물기로 했다.

그리고 은미와 설화는 자신들의 보금자리로 돌아가 내일을 준비했다.

이제 설화는 아르테미스와 헤어져 그녀만의 일상으로 복귀해야 한다.

"…잘 가."

"……"

아르테미스는 무표정하게 설화를 가만히 바라보다 이내 앞발을 들어 그녀의 손 위에 올려놓았다.

"으음?"

"…캬릉."

처음으로 아르테미스는 설화에게 목소리를 내어주었다.

그러자 설화는 감격에 겨워 아르테미스를 꽉 끌어안았다.

"고마워! 네가 작별 인사를 다 해주다니!"

"……"

현우와 희수는 처음 들어보는 아르테미스의 목소리에 고개를 갸웃거렸다.

"저 도마뱀, 원래 목소리가 없는 것 아니었어?"

"생물인데 목소리가 없겠어? 그냥 저 녀석 자체가 워낙 무뚝뚝한 것뿐이야."

"그래?"

아마도 아르테미스 역시 이 작은 아이가 자신을 두고 돌아서는 것이 못내 안타까웠던 모양이다.

그렇지 않았다면 굳이 낼 필요가 없는 소리까지 내가면서 앞발 인사를 할 이유가 없었다.

'짜식, 정말로 지구인이 되어가는군.'

사실 강수가 그녀를 이곳에 데리고 온 이유는 조금은 인간적인 면모를 갖기 바랐기 때문이다.

그 목적은 충분히 달성한 것 같았다.

*　　　*　　　*

중국으로 돌아가는 길.

아르테미스는 강수와 함께 비행기를 타고 있다.

강수는 오늘도 여전히 무뚝뚝한 얼굴로 일관하고 있는 그녀에게 슬그머니 말을 걸었다.

"이봐, 도마뱀."

"뭐냐?"

"설화에게 앞발을 들어준 것, 무슨 의미였냐?"

"…알 것 없지 않나?"

"한번 말해봐. 궁금해서 그래."

"몰상식하긴. 원래 개인적인 프라이버시는 지켜주는 것이 옳다. 못 배운 것을 티내는 건가?"

"오오, 프라이버시. 그런 것도 다 알아?"

"인터넷에 없는 지식은 없다. 모르는 것은 아니겠지?"

"흠, 뭐, 그렇긴 하지."

그는 요즘 아르테미스가 TV 드라마에 푹 빠져 있다는 사실을 알고 있었다.

무한한 지식을 쌓다가 우연히 시청한 드라마에 빠져 매일 밤마다 그것을 다운로드 받아서 시청하고 있었다.

아마도 인간적인 감정은 그곳에서부터 비롯된 것이 아닌가 하고 예상해 보는 강수다.

"아무튼 난 할 말 없다. 잠이나 자야지."

"쳇, 깍쟁이 드래곤이군."

"……."

그녀는 조용히 눈을 감았고, 강수는 슬쩍 미소를 지었다.

제9장
평화, 그리고…

청미식품은 내부의 찌꺼기를 숙청하고 난 후 인터넷 쇼핑몰과 함께 중국, 일본 진출을 꾀하였다.

한국에서 생산한 공산품의 가치는 생각보다 높은데, 그중에서도 해산물로 만든 공산품은 고공행진을 거듭했다.

요즘 중국은 환경오염으로 몸살을 앓고 있었고, 일본은 원전피폭으로 인한 방사능 오염이 심각했다.

이런 상황이다 보니 한국의 농수산물은 뜻하지 않게 높은 가격을 고수할 수 있었다.

중국 왕진물산의 이름으로 중국 쇼핑몰을 제작한 강수는

건강식품과 함께 해산물을 직수입하여 판매했다.

중국 전역에 걸쳐 꽤 넓은 유통망을 가진 왕진물산은 이미 가공과 포장까지 모두 마친 공산물을 가지고 시장 공략에 나섰다.

그는 가장 먼저 인터넷 포털사이트인 N사에서 운영하는 글로벌 소셜커뮤니티에 물건을 등재했다.

그는 중국의 시세에 맞게 물건값을 조정하고 덤에 덤을 얹어서 파는 일명 '1+1' 전략으로 파상공세를 펼쳤다.

오크 50마리가 조업하던 작업장은 이제 150마리가 투입되어 매일 엄청난 양의 해산물을 공수했고, 거기서 나오는 물량으로 중국을 공략한 것이다.

성과는 예상보다 훨씬 더 큰 성공으로 돌아왔다.

처음 쇼셜커뮤니티 등재 이후 거의 한 달 만에 월 매출 10억을 기록하게 된 것이다.

물론 초반 시장 공략에 의한 마진율 저하를 감안해 거의 3분의 1 수준의 순이익을 가지고 간다고 가정하면 표면적인 가격보다는 조금 낮다고 할 수 있었다.

하지만 감가삼각비와 1+1의 물건값을 뺀다고 해도 순수익이 거의 6억 원에 이르니 상당한 성과라고 할 수 있었다.

강수는 청미와 수익 배분을 4분의 1 수준으로 나누기로 했는데, 강수는 이제 왕진물산과 마사히로 건설을 완벽히 재정

비할 수 있게 되었다.

초기 자본이 상당히 중요한 물산과 건설이지만 일단 일거리가 생기기만 해면 이윤 창출은 그리 어려운 일이 아니다.

지금까지 강수가 청미식품을 인수하기 위해 동분서주한 것도 모두 이 두 회사를 정상화시키기 위함이었던 것이다.

일단 정상 가두에 오르기만 하면 사업 확장은 큰 문제가 아니었던 것이다.

이제 강수는 왕진물산을 이용하여 원자재 수출에 물꼬를 트기로 했다.

강수는 한국 나진상사와 계약을 맺고 중국에서 채취한 원자재를 수출하기로 했다.

중국 각지에서 생산된 목재나 석탄, 각종 석재를 가지고 한국으로 가지고 와서 판매하면 꽤 괜찮은 가격을 받을 수 있었다.

한국은 원자재의 생산이 그리 활발하지 않기 때문에 물량만 많다면 충분한 이문을 남길 수 있었다.

게다가 한국으로 돌아와 중국에 가져다 팔 물건을 환적하면 두 배의 수익을 올릴 수 있다.

나진상사는 청미의 인맥으로 만난 나명진 사장에 의해 계약이 채결되었다.

각종 광물에 대한 단가를 조정하는 데 꽤 시일이 걸리긴 했지만, 나름대로 괜찮은 성과를 이루었다.

"앞으로 잘 부탁합니다."

"저야말로."

앞으로 강수가 나진상사에게 물건을 납품하면 그들은 10~15%의 마진을 남기고 원자재를 판매할 것이다.

그러니까 그들은 강수에게 판매수수료를 받고 강수는 그들에게 수수료를 지불하는 대신 재고에 대한 불안을 해소할 수 있었다.

모든 대금을 현장에서 받도록 계약한 강수는 이제 당분간 현금에 대한 걱정을 덜 수 있게 되었다.

*   *   *

중국 고비사막에 건설하고 있던 프로젝트명 '고비산맥'은 이제 거의 정상 궤도에 올라 있었다.

황량하기 그지없던 고비사막 북부에 길기 10㎞의 거대한 산맥을 만들었고, 그 아래엔 고비사막 동부에서 서부를 잇는 고비 강이 자리하게 되었다.

넓이 800미터에 길이 15㎞의 고비 강으로 황사가 일어나는 근본적인 문제를 해결하게 된 것이다.

강수는 이곳 지하에 염분 필터를 설치하고 자체 정수 시스

템을 구축함으로써 생태계가 조성될 수 있도록 했다.

중국 정부는 이곳에 한국산 산천어와 붕어, 잉어, 가물치 등을 구매하여 풀어놓기로 했으며 동물원에서 사육하던 야생 동물 500여 마리를 방생하기로 했다.

강가에서 서식하는 수달부터 산에서 가장 흔히 볼 수 있는 노루, 산양 등을 풀어놓고 그 상위 포식자들까지 전부 짝을 맞추어 방생한 것이다.

고비산맥 서부.

이곳에선 아직도 황폐한 땅을 산으로 바꾸는 작업이 진행 중이다.

하지만 요즘 고비사막에는 자주 비가 오기 때문에 땅 자체 가 점점 녹지로 변해가고 있었다.

때문에 엔트들을 양생시켜 자리를 잡기만 하면 주변에 녹 음이 우거지는 것은 시간문제였다.

강수는 이곳에 들어가는 묘목의 값을 치를 수가 없어 공사 를 조금 지연시켰지만, 이젠 엄청난 물량 공세를 퍼부을 수 있게 되었다.

더군다나 마사히로 건설에서 공수한 건설장비들은 현장에 서 아주 혁혁한 공을 세우고 있었다.

하이오크와 하이고블린은 직접 중장비 운용 기술들을 익

혀서 각 부족을 지휘하면서 중장비까지 가동시켰다.

이렇게 작업하면 지금까지 강수가 하던 작업 속도에 비해 약 10배에서 20배가량 가속도를 붙일 수 있다.

원래 산 하나를 만드는 데 걸린 시간이 한 달이라고 한다면 이제는 약 3일에서 5일 가량으로 그 속도가 줄어든 것이다.

부아아아앙!

육중한 소음을 내며 달라가는 덤프트럭, 운전석에는 크룩이 앉아 있고 짐칸에는 오크들이 들어가 있다.

이제는 자체적으로 불어오는 바람이 꽤나 선선해졌기 때문에 트럭을 타고 달리면 상쾌한 바람을 느낄 수 있었다.

인간들의 언어를 상당히 많이 익힌 오크들은 이제 자기들끼리도 인간의 언어로 대화했다.

"크룩, 작업화가 떨어졌다. 조장, 족장에게 보급품을 받아 달라."

"크룩, 크룩. 맞다. 우리 쪽도 작업복이 다 떨어져서 구멍이 났다."

강수는 크룩을 오크들의 족장으로 선출하고 그 휘하에 총 50마리의 하이오크들을 두어 조장을 맡겼다.

조장들은 각 조원에게 작업을 하달시키고 함께 일하며 그들이 원하는 것들을 일괄하여 족장 크룩에게 전달했다.

그럼 크룩은 강수에게서 오크들이 원하는 물건을 받아서

일주일에 한 번씩 전달하게 된다.

비록 월급을 받을 수는 없지만 오크들은 그 어떤 인간들보다 훨씬 더 좋은 작업 현장에서 일하고 있는 것이다.

오크 제1조장 크룩삼은 조원들이 입고 있는 작업복과 작업화의 상태를 진단한 후 필요한 개수를 적었다.

"크룩, 적어도 열 벌은 필요하겠군. 알겠다. 작업이 끝나면 족장에게 보고하겠다."

이것은 작업을 진행하기 위해 필요한 가장 기본적인 체계였지만 오크들에 있어선 상당히 혁신적인 제도 개선이었다.

오로지 지배계층과 피지배계층만이 존재하던 오크들에게도 민주적인 사회 체계가 점점 각인되고 있었다.

어차피 그들은 강수를 떠나선 살 수 없다는 것을 너무나도 잘 알고 있었다.

그렇다면 작업환경과 생활환경을 개선하여 조금이라도 편한 생활을 영유하는 것이 상책이었다.

그나마 남은 숙제가 하나 있다면 고블린과 오크들의 관계 개선 정도이다.

아직도 오크들과 고블린은 그 관계의 골이 꽤나 깊기 때문에 정기적인 친선활동을 도모하지 않으면 갈등이 빚어질 것이다.

때문에 강수는 그들에게 아주 특별한 경쟁 구도를 마련해

주었다.

그것은 바로 연합대항전이다.

오크와 고블린을 섞은 후 다시 몇 갈래로 나누어 일주일에 한 번씩 대표를 선발하여 서바이벌 단체 격투기 등을 벌였다.

또한 중세시대에 사용하던 호구들을 직접 제작하여 전술 게임을 펼쳐 승자를 가리기도 했다.

이런 활동을 통하여 소속감을 고취시키고 오크와 고블린 의 화합을 꾀할 수 있었다.

오크와 고블린은 인간들이 그러하듯 각자 소속된 팀의 경 기에 대해 관심을 보였다.

"크룩, 이번 전술 게임에 출전하는 선수들의 명단이 발표 되었다고 들었다. 조장, 크룩포와 키헥포도 출전하나?"

"물론이다."

"오오오!"

"크룩포는 우군에 속한다. 대진표에 그렇게 나와 있어."

"크흠, 난 이번 경기에 좌군에 걸겠다."

"크룩, 아니다. 우군이 이길 거다. 이번 경기에 담배 한 보 루를 걸지."

"크룩, 후회하게 될 거다."

강수가 가장 신경 쓰는 것은 오크들에게 나누어 주는 기호 식품인데, 폐의 구조가 다른 오크들에게 있어 담배는 그저 기분 좋고 무해한 연기일 뿐이다.

그런 담배를 작업의 성과에 따라 차등적으로 분배하는데, 일주일에 한 번씩 열리는 연합대항전에 내기 물품으로 걸었다.

이것이 바로 몬스터들이 연합대항전에 열광하는 가장 큰 이유였다.

항상 고된 노동에 지친 심신을 달래기 바쁘던 휴식 시간은 이제 이들에게 큰 여흥을 즐길 수 있는 수단으로 바뀌어가고 있었다.

*　　　*　　　*

고비산맥 중앙 지역.

이곳은 벌써 수풀이 우거져 있었으며 강과 계곡이 조화를 잘 이루고 있었다.

강수는 이곳에 1㎞ 규모의 서바이벌 겸 전략전술 경기장을 건축했다.

그는 경기장 양쪽 끝에 목책으로 된 베이스캠프를 두고 그 앞에 각종 자연 구조물과 창고, 거점 등을 만들었다.

이렇게 되면 10대 10, 많으면 50대 50의 경기를 펼칠 수 있게 된다.

강수는 매주 토요일과 일요일에는 몬스터들에게 휴식을 부여하고 경기장 중앙에 거대한 스크린과 관람석을 마련했다.

경기를 펼치는 몬스터들의 장비에는 광학화 장비와 함께 일정량 이상의 타격을 받으면 피가 터지는 임팩트 효과 장치가 설치되었다.

또한 불화살과 수류탄, 포탄의 효과를 극대화하기 위해 인체에 무해한 헬하운드의 입김을 사용했다.

헬하운드의 입김은 유황불처럼 파랗고 뜨겁지만 직접적으로 화상을 입히지는 않는다.

때문에 특수효과로 사용하기에 아주 적절했다.

토요일 오전, 총 3천 마리의 몬스터가 모인 경기장에서 중세 전략경기를 개최했다.

간식거리와 음료는 모두 강수가 무료로 제공했다.

몬스터들의 총책임자 크룩은 이번 주 토너먼트를 시작한다는 뜻의 특수효과 포탄을 터뜨렸다.

피융, 콰앙!

ㅡ크룩, 경기를 시작한다!

"크와아아아아아아아!"

엄청난 열기 속에 두 갈래로 나뉜 40마리의 몬스터가 양쪽 진영에서 경기를 준비했다.

한 주에 출전하는 오크의 숫자는 320마리, 한 팀의 인원은 총 20마리다.

우군 20마리, 좌군 20마리가 나뉜 제1경기가 시작된 것이다.

토너먼트로 진행되기에 오늘 이곳에서 승리한 여섯 팀이 8강에 진출한다.

그리고 난 후엔 다시 내일 4강과 결승을 치러 우승팀을 가리게 된다.

우승 팀은 오크들이 건 담배에서 10%가량의 인센티브와 함께 하루 휴식권이 주어진다.

하지만 한 경기 한 경기에서 살아남는 것은 그리 쉽지가 않았다.

무려 50kg이나 되는 갑옷과 15kg의 무기, 30kg의 방패를 든 오크들이 앞장서면 바로 뒤에서 경장비를 착용한 고블린들이 화살과 투석기를 이용하여 지원사격을 한다.

핑핑핑핑!

우군의 수장을 맡은 크룩오는 자신을 따르는 팀원들에게 외쳤다.

"크룩, 일선 돌격 준비!"

촤락!

일주일에 한 번씩 오디션을 통해 선발되는 선수들은 그 성과에 따라 연속으로 출연할 수 있었다.

하지만 연속 출연의 한계는 2주일이기 때문에 한 번 합을 맞춘 선수와 다시 만나기란 쉽지 않았다.

또한 저번 주에는 적이었다가 이번에는 아군으로 만날 가능성도 있었다.

때문에 호흡이 자웅동체처럼 딱딱 맞지는 않지만 적어도 한 달에 한 번은 정기적으로 출격하는 터라 전술의 기초는 이미 숙지하고 있었다.

크룩오는 몬스터들 최고의 인기지휘관으로 그가 이끄는 팀은 항상 우승 후보에 올랐다.

그래서인지 고블린들 역시 그를 상당히 흠모하고 있었다.

"키헥, 조장! 앞에 화살이 날아옵니다!"

"방패진!"

쿵쿵쿵!

사각방패로 벽을 쌓자, 앞부분에 자석이 달린 화살이 방패에 달라붙었다.

팅팅팅팅!

이윽고 크룩오는 곧바로 자신들의 진영 뒤로 궁수들을 집결시켰다.

"목책을 나와 전진한다!"

"키헥, 알겠습니다!"

그는 방패로 디근 자 바리케이드를 만들고 그 안에 궁수들을 넣어 임시 방어진을 형성했다.

이것은 크룩오의 전매특허 돌격진으로, 몬스터들에겐 가

장 인기가 높은 기술이다.

척척척척!

"크룩, 전진!"

"키헥, 키헥!"

"크호오오오오! 크룩오, 크룩오!"

터질 듯한 함성. 강수 역시 몬스터들과 함께 이 흥미진진한 경기를 관람했다.

그는 고블린의 족장 키헥에게 이번 경기에 대한 감상평을 물었다.

"네가 보기엔 어때? 누가 이길 것 같아?"

"키헥, 아무래도 우군이 우세할 것 같습니다."

"이유는?"

"인터넷에서 배운 바에 의하면 전쟁은 기세와 사기로 하는 것이라고 했습니다. 그러니 스타플레이어인 크룩오가 이끄는 우군이 이기겠지요."

"흠, 네 말을 듣고 보니 그런 것 같기도 하군."

강수는 일부러 첫 경기부터 크룩오의 팀이 출전하도록 대진표를 짰다.

그리고 다음 경기에선 크룩오의 라이벌인 키헥사를 배치하여 흥미를 더하기로 했다.

"8강이 기다려지는군."

"키헥, 그러게 말입니다."

처음 강수가 몬스터 연합대전을 치를 때만 해도 이렇게까지 흥미로울 줄은 짐작도 못했다.

하지만 인터넷에서 체력단련법과 전략전술을 연구한 조장들은 스스로 자신들을 스타플레이어로 만들었다.

강수의 개인적인 생각이지만 이것을 대중화시켜도 꽤나 인기가 좋을 것 같았다.

그러나 몬스터들이 우글거리는 이 광경을 일반인에게 공개할 수는 없었다.

그는 오늘 누가 우승할지에 대해 담배를 걸기로 했다.

"족장, 나도 담배 한 보루 걸지."

"키헥, 그러시겠습니까?"

"한 보루를 걸면 배당이 어떻게 되지?"

"크룩오의 배당은 조금 낮은 편입니다. 괜찮으시겠습니까?"

"후후, 그렇다면 나는 반대편 키헥투에게 걸겠어."

"키헥, 알겠습니다."

어느새 강수 역시 몬스터들과 함께 어울려 일주일에 두 번 열리는 경기를 기다리는 사람이 되어버렸다.

*　　　*　　　*

이른 오후, 중세 전술게임의 8강이 끝나고 난 후엔 곧바로 8대 8 현대전술게임과 32대 32 대형전술게임이 이어진다.

현대전술게임은 몬스터 8명으로 이뤄진 소규모 팀 16개와 그들을 네 개로 합친 4개의 팀으로 나누어 진행된다.

일반적으로 대략 25분에서 30분가량 걸리는 중세전투보다 속도감 있고 긴장감이 넘친다는 것이 현대전술게임의 특징이다.

오늘 중세전술게임에서 아깝게 패배한 크룩오를 대신하여 현대전술게임 최고의 스타플레이어 키헥포가 몬스터들의 함성을 한 몸에 받고 있다.

"크오오오오오! 적을 한 방에 날려 버려!"

"키헥포, 키헥포!"

현대전술게임은 중세전술게임과 달리 검술이나 박투 실력이 필요 없고 오로지 순발력과 사격 능력만 뛰어나면 되었다.

하지만 팀을 이끄는 팀장의 전략적 능력은 오히려 중세전투보다 뛰어나야 하기 때문에 두뇌의 명석함은 기본이라고 할 수 있었다.

이번 게임은 거점을 폭파하는 폭파게임으로, 시뮬레이션화된 폭탄을 거점에 설치하고 지정된 시간 동안 해체당하지 않으면 이긴다.

키헥포는 팀원을 두 갈래로 나누어 탈취 지점으로 빠르게 이동시켰다.

"키헥, 1조는 나를, 2조는 부조장을 따라서 이동한다."

"크룩, 알겠습니다."

조장임과 동시에 키헥포는 전 몬스터 중에서 사격 능력이 가장 월등하기 때문에 스나이퍼로 유명했다.

무려 사거리 800미터의 저격총은 바람과 탄도 곡선의 영향까지 받는데다 탄이 가벼워 명중이 어렵다.

하지만 키헥포는 그것을 마치 소총처럼 다뤘다.

방어를 취하는 좌군은 중요 거점에 자리를 잡았고, 키헥포는 빠르게 부하들을 이동시켜 엄폐물을 찾았다.

"키헥, 좌측에 둘, 우측에 둘!"

파밧!

매 경기마다 정해진 틀에 의해 10개의 틀로 장애물을 바꾸는데, 이번 틀은 4번 장애물이다.

강가에 폐 탄약고와 썩은 나무가 위치해 있어 측면 돌파가 용이했다.

키헥포는 스코프로 적이 어느 곳에 자리를 잡았는지 확인했다.

"11시에 한 마리, 네 시에 두 마리, 한 시에 두 마리다. 먼저 11시의 오크 먼저 처리하겠다.

철컥, 타앙!

볼트액션 시뮬레이션 저격총이 공포탄 포화를 내뿜었고, 철로 만든 강철 BB탄은 엄폐하고 있던 오크의 머리에 맞았다.

"크헥!"

ㅡ탈락! 4번 돌격사수 사망!

"쿠오오오오오!"

키헥포의 환상적인 사격 솜씨에 몬스터들은 자리를 박차고 일어나 함성을 내질렀다.

하지만 그의 포지션은 여전히 흔들림이 없었다.

강수 역시 그의 플레이에 넋을 놓고 관전에 열을 올렸다.

"후우, 역시 스타 저격수는 뭔가 달라도 다르군."

"크룩, 그것이 바로 키헥포의 매력 아닐까요?"

몬스터의 총책임자 크룩 역시 강수와 함께 경기를 관람하고 있었다.

그는 어느새 자신의 측근이 되어버린 몬스터들을 바라보면서 감회가 새로움을 느꼈다.

인간의 말도 제대로 알아듣지 못하던 이들은 어느새 자신들 나름대로의 생활터전을 닦아가고 있었다.

'이런 것이 바로 화합이라는 것이군.'

앞으로 강수는 과연 이들이 또 어떤 놀라운 모습을 보여줄지 기대되었다.

                    *   *   *

　연합대전이 끝나고 난 후엔 다음 주의 작업을 위한 준비가
이뤄졌다.

　몬스터들은 이 모든 것이 자신들의 고된 땀방울로 만들어
진다는 것을 잘 알고 있었다.

　장비를 챙기고 부족한 보급품은 보충하여 월요일의 첫 작
업을 성공적으로 끝낸다면 다음 주의 여흥이 조금 더 즐거울
것이 분명했다.

　크룩은 각 조를 돌아다니며 부족한 보급품에 대해 조사했다.

　"크룩, 1조에 작업복과 작업화 열 벌이 필요합니다."

　"알겠다. 받아가라."

　그는 트럭으로 싣고 온 배급품 중에서 각 몬스터의 치수에
맞는 옷과 작업화를 나누어 주었다.

　작업복은 강수가 고안한 이중 땀 배출 시스템을 적용하여
사막 한가운데서 작업한다고 해도 전혀 무리가 없었다.

　또한 작업화는 스파이크가 나왔다가 들어가는 반자동 장
치가 되어 있어 거친 협곡을 지나다니는 데 최적화되어 있다.

　만약 이것을 신고 일하다 고장이 나면 신발을 다시 회수하
여 세척하고 수리하는 과정을 거쳐 다시 보급되었다.

크룩은 작업복을 전부 다 보급하고 난 후엔 일주일 동안 먹을 개소주와 간식거리를 배급했다.

"듣자 하니 개소주를 복용하지 않는 녀석들이 있다고 하더군."

"크룩, 요즘 작업환경이 좋아져서 그런 것 같습니다."

"그래도 마스터께서 지시하신 일이다. 몸에 좋은 것이니 꼭 먹어야 한다."

"크룩, 알겠습니다."

총책임자 크룩은 언제나 강수에게 충성을 하다는 충직함을 몬스터들의 뇌리에 주입시켰다.

이렇게 하면 그들 스스로도 강수가 상위의 존재라고 인식하게 되기 때문이다.

"내일 작업은 마스터께서 직접 장비를 끌고 오신다. 아마 조금 더 편한 작업이 되지 않을까 한다."

"크룩, 그렇군요."

강수는 가끔씩 거대한 장비들을 가지고 다니면서 공사 거점을 마련하는데, 그때마다 해당 지역에 간식을 주었다.

기본적으론 육식을 즐기는 오크들이지만 가끔씩 먹는 야채버거나 채소피자는 별식 중의 별식이었다.

이것은 강수가 몬스터들의 작업 효율을 높이기 위해 고안한 또 하나의 방법으로, 자신이 가는 곳마다 별미를 제공하는 것이다.

그렇게 되면 몬스터들은 강수에 대한 호감도가 높아질 것이 분명했다.

"작업 중 안전이 최우선이다. 장비 착용을 필수화하도록."

"크룩, 알겠습니다."

이제 크룩은 다음 막사로 이동하여 보급품을 배급할 것이다.

* * *

중국 고비사막 서부로 약 세 시간가량 차를 몰면 철광석과 대리석 광산이 모습을 드러낸다.

겉보기엔 그저 거대한 협곡처럼 보이는 이 지역은 최근 강수가 발견하여 부지를 매입했다.

약 50㎞가량 이어지는 거대한 협곡 주변에는 총 열 개가량의 철광석 광산이 위치해 있으며, 그곳에서 북쪽으로 기수를 틀면 대리석 광산이 있다.

강수는 이곳의 광산을 모두 인수하여 개발에 착수했다.

이곳에서 나오는 철광석의 채굴량은 일일 평균 5톤으로, 초대형 광산에 비해서 손색이 없을 정도이다.

대리석 또한 그 품질이 꽤나 상품에 속하기 때문에 한국이나 일본으로 수출하면 상당히 높은 값을 받을 수 있었다.

강수는 이곳에서 나오는 물건을 고비사막 동부에 적재해 두었다가 일주일에 한 번씩 한국으로 배송하는데, 연안까지는 기차로 운반한 후 배에 환적하여 평택까지 이동했다.

총 네 번의 환적이 이뤄지는 동안 수수료가 발생하지만 비행기로 실어 나르는 것보다는 훨씬 더 저렴하게 먹혔다.

그는 자신과 전속계약을 맺은 중국 횡단열차 관리부장에게 물건에 대한 운송장과 보험증권을 건넸다.

"상하이까지 갈 겁니다."

"오늘은 양이 꽤나 많군요. 150톤이라……."

"물건 중에는 대리석이 꽤 많습니다. 그러니 일반적인 150톤과는 가격 자체가 다르지요."

"꽤나 값나가는 원행이군요?"

"돈이 되잖습니까?"

예로부터 원행은 꽤나 위험한 리스크를 감수하여 큰돈을 만지는 장사이다.

지금은 대륙 간 교역으로 상당한 이문을 남기곤 하는데, 특히나 원유나 원자재의 경우엔 그 값이 꽤 차이가 났다.

때문에 초일류 상사들은 5,000톤급 이상의 상선을 다량 보유하여 태평양이나 대서양 등을 건너곤 했다.

하지만 그들 역시 운송하는 데 있어 상당한 리스크를 감당해야 했다.

물건을 많이 실을수록 이문은 커지지만 그만큼의 위험부담 역시 커지기 때문에 5,000톤 이상의 화물은 보험에 상당히 신경을 썼다.

보험을 든다고 해서 물건에 대한 모든 가액을 보상받을 수는 없지만, 그나마 원행의 적자가 극대화되는 것을 막아준다.

강수는 철도로 물건을 운반하고 있지만 그 양이 상당히 많기 때문에 무조건 보험을 들었다.

이제 이것을 싣고 상하이까지 가면 해상운송에 대한 보험증권을 발급받아 한국으로 향할 것이다.

지금껏 배가 좌초된 적은 한 번도 없었지만 평소보다 훨씬 더 많은 보험금을 지불한 강수다.

이번 원행은 특히나 높은 가액이기 때문에 보험 역시 그만큼 올려 잡은 것이다.

허가증에 도장을 찍으면서 관리인이 강수에게 농담을 건넸다.

"이번 장사가 엎어지면 수영이라도 해서 건져야겠군요."

"끔찍한 소리입니다만, 그래야지요. 이번 장사가 엎어지면 저는 당분간 장사를 할 수 없을 테니까요."

원행에는 꽤 많은 인력과 시간, 그리고 돈이 들어가기 때문에 물건을 잃어버리는 순간 엄청난 손해가 난다.

그 때문에 강수는 매번 직접 기차와 배를 타고 중국과 한국을 오가는 것이다.

강수의 짐이 기차에 선적되었다.

*   *   *

몽골자치구 기차역.

열 명의 사내가 망원경으로 물류기차 선적 작업을 지켜보고 있었다.

그중 한 사람이 잔뜩 흥분해서 기차를 삿대질하며 외쳤다.

"저, 저놈입니다! 확실히 저놈이 맞아요!"

"확실해?"

"물론이죠! 제가 놈을 어떻게 잊겠습니까?!"

"흠⋯⋯."

중국 흑사회에서 중간보스로 무려 20년간이나 일해온 리세이민은 잔학하기로 유명한 중국 해적의 뒷배다.

그는 흑사회에서 만들어진 인맥과 무력을 해적에 투자하여 지금껏 고수익의 사업을 벌이고 있었다.

해적질은 국경을 가리지 않고 자행되었으며, 인신매매와 불법 조업도 서슴지 않았다.

그러던 어느 날, 그의 부하들은 고비사막에서 녹지화 사업을 진행하던 사업가들에게 일망타진 당할 뻔했다.

그리고 그것으로도 모자라 얼마 전에는 서해에서 조업하던 불법 쌍끌이 트롤선까지 한국 해경에게 넘어갔다.

리세이민은 양희진에게 제대로 돈도 받지 못한 상태에서 쌍끌이 트롤 선박까지 잃고 나니 거의 알거지가 될 판이다.

그렇다고 양희진을 협박하자니 그녀가 가진 엄청난 인맥과 무력 때문에 그럴 엄두가 나지 않았다.

그러니 자신을 이렇게 만든 장본인을 찾아가 빚을 받아내는 수밖에 없었다.

"저기에 실린 물건이 뭐야?"

"대리석과 철광석입니다. 원래 철광석은 반출이 금지되어 있지만 지방정부에서 특별히 허가를 해주었답니다."

"흠……."

저들은 지금 중국 정부는 물론이고 몽골에서도 특별히 보호를 하고 있다.

만약 잘못 건드렸다간 국제사범이 될 수도 있지만, 지금이 아니면 손해를 복구할 수 없을 것이다.

"그나저나 두목, 저 큰 기차를 어떻게 훔칠 겁니까?"

"다 방법이 있다. 설마하니 내가 아무런 대책도 없이 이 미친 짓을 하겠다고 덤비겠어?"

"하긴."

그는 네 명의 부하에게 기차를 탈 것을 명령했다.

"이 전화를 가지고 기차에 올라타. 그리고 놈들이 쓰촨성에 도착할 때 즈음 나에게 연락을 취하는 거다."

"그리고 나선요?"

"알아서 도망을 치든 숨든 마음대로 해. 다만 하얼빈에서 다시 만나는 것으로 하지."

"네, 알겠습니다."

그는 남은 부하들을 데리고 쓰촨 성으로 향했다.

*　　*　　*

삼 일 후, 쓰촨성.

공사장 간판과 함께 트레일러 열차를 대동한 리세이민이 선로에 들어섰다.

현재 쓰촨성 지방정부는 노후한 선로를 바꾸는 작업을 진행 중인데, 그 틈을 타 리세이민이 잠입한 것이다.

그는 이번 작업에 투입되는 인부와 관리자들을 죄다 납치해서 감금시킨 후 자신의 부하 50명을 이곳에 투입시켰다.

그리고 그 수장으로서 자신이 직접 작업장에 모습을 드러낸 것이다.

"두목, 정말 괜찮겠죠?"

"장사 하루 이틀 하냐? 이 정도 위험도 감수하지 못하고 무슨 해적질을 하겠어?"

"그건 그렇지만……."

이윽고 리세이민은 공사장 간판을 붙인 곳부터 차례대로 선로를 제거하기 시작했다.

원래 이곳은 공사 구간이 아니었지만 철도청 직원들은 크게 신경 쓰지 않았다.

이곳이 워낙에 넓고 일이 많기 때문에 철저한 분업을 기본으로 하는 바, 남의 일에는 별로 신경을 쓰지 않은 것이다.

덕분에 그들은 아주 손쉽게 선로를 분해하고 자신들의 도주로까지 완벽하게 확보할 수 있었다.

그리고 난 후엔 선로에 다이너마이트까지 설치했다.

그는 작업이 이뤄지는 동안 주변에 대기하고 있던 부하들에게 전화를 걸었다.

"기차가 들어오려면 얼마나 걸리겠어?"

―대략 30분입니다.

"알겠다. 너희는 30분 내로 환적장 내부로 들어와야 한다."

―예, 알겠습니다.

리세이민은 이곳에 강수의 짐을 실은 기차가 들어오면 컨테이너 열 개에 담긴 철광석과 대리석을 가지고 환적장까지 이동할 것이다.

트레일러 기차에 매단 컨테이너는 그가 미리 준비한 트레일러트럭에 매달려 이곳을 빠져나간다.

그렇게 되면 그 어떤 방법으로도 물건을 추적할 수 없을 것이다.

과연 이 작전이 성공적으로 끝날지는 의문이지만, 성공만한다면 꽤나 짭짤한 돈을 만질 수 있게 될 터였다.

"모두들 정신 바짝 차려라."

"예, 두목!"

그와 그의 부하들은 이번 작전에 목숨을 걸었다.

*   *   *

이른 아침, 쓰촨성에서 멈추어 선 물류기차는 도무지 움직일 기미를 보이지 않았다.

강수는 맨 앞 칸에 있는 기관사들에게 다가가 지금 이 상황에 대해 물었다.

"무슨 일 있습니까? 기차가 움직이질 않는데요?"

"선로 교체 작업이 진행 중이랍니다. 그러니 조금만 기다려 주십시오."

"그래요?"

도대체 기차가 멀쩡히 지나다니는 길목을 뜯어내고 교체 작업을 하고 있다니 강수는 도무지 이해할 수 없었다.

"뭐야? 무슨 열차가 이래?"

지금까지 강수는 꽤 많은 열차를 타고 운반해 왔지만, 지금과 같은 상황은 단연코 처음이다.

그런 만큼 지금의 상황은 도무지 이해할 수 없을 정도로 특이한 상황이었다.

이곳에 있어봐야 속만 상할 뿐, 강수는 슬슬 화물칸으로 돌아가기로 했다.

끼익.

기관실에서 나와 걸어가는 길, 강수는 불현듯 자신의 머리 위로 무언가 여러 개의 깡통이 날아오는 것을 느꼈다.

그리고 잠시 후, 그 깡통에서 엄청난 양의 최루가스가 뿜어져 나왔다.

푸슈우우우우욱!

"쿨럭쿨럭!"

한 치 앞을 바라볼 수 없게 된 강수는 약 5초간 시야를 잃어버렸고, 그사이에 트레일러 기차가 다가와 그의 화물을 채갔다.

"이, 이런 빌어먹을!"

가까스로 자리에서 일어선 강수가 밖으로 나가려는 찰나, 선로에 설치되어 있던 다이너마이트가 폭발했다.

콰앙!

"크헉!"

강수는 저만치 튕겨져 날려가 버렸고, 역사의 모든 시설물은 다이너마이트 파편에 맞아 산산조각이 나버렸다.

"사, 사람 살려!"

"꺄아아아악!"

시설물은 물론이고 인명 피해까지 발생한 사건, 강수는 이것이 철저하게 계산된 공작임을 직감했다.

'도대체 어떤 개새끼들이⋯⋯!'

그가 정신을 차렸을 땐 이미 컨테이너가 없어지고 난 후였다.

이내 자리에서 일어선 그는 선로를 따라서 무작정 뛰기 시작했다.

＊　　　＊　　　＊

쓰촨성 기차역.

폭탄 테러가 일어난 현장에 공안들이 들이닥쳤다.

"괜찮으십니까?!"

"사, 사람 살려!"

"모두 피신시키고 소방당국에 연결해!"

"예!"

공안당국의 조치가 취해지는 현장.

김예성은 먼발치에서 그것을 지켜보고 있었다.

그는 한국에서 강수의 흔적을 따라 이곳까지 추격해 왔는데 갑자기 예상치도 못한 폭발 현장과 마주하게 되었다.

그는 다이너마이트를 설치한 무리가 전문가가 아니라고 예상했다.

다이너마이트를 설치한 괴한들이 노린 것은 강수의 물건이었는데 애꿎은 사람들이 죽었다.

그렇다는 것은 큰 생각 없이 폭탄을 설치하여 일을 크게 키웠다는 소리다.

"아마추어군."

김예성의 생각에 그들은 자신의 일에 걸림돌이 되는 사람들일 뿐이다.

"귀찮은 놈들."

만약 그들이 폭탄을 설치하지 않았다면 강수가 진범인지 가려낼 수 있었을 것이다.

하지만 이젠 그마저도 어렵게 되었다.

하는 수 없이 그는 다시 사라진 강수를 재추격할 수밖에 없었다.

파바바바밧!

놀라울 정도로 부드럽고도 빠른 몸놀림, 그는 아주 숙련된

솜씨로 강수의 행로를 추격했다.

'아마도 선로를 따라 환적장으로 향하겠지. 그곳밖에 짐을 실을 공간이 없으니.'

상당히 뻔한 동선으로 움직이는 것이 아마추어들을 잡는 데엔 최고다.

그는 그들을 추격하면서 양희진이 한 말을 상기했다.

'반드시 살려서 데려와라. 내가 직접 죽일 테니까.'

김예성은 실소를 머금었다.

"그년 참 맹랑한 물건이군."

그녀에게 관심이 있는 것은 아니지만 클라이언트가 직접 사람을 죽인다니 관심이 동했다.

그는 과연 앞으로 일이 어떻게 전개될지 궁금해 입이 근질 거렸다.

『현대 소환술사』5권에 계속…

외전
특이한 아이

루야나드 대륙의 동쪽.

이곳은 예로부터 대륙의 절반을 뒤덮을 정도로 울창한 숲이 우거져 있기로 유명했다. 기온은 대체적으로 온난했으며 여름에는 비가 내리고 겨울에는 눈이 내려 과수를 하기 좋았다.

하지만 이곳은 인간들이 근접할 수 없는 영역으로, 오로지 숲의 종족만이 드나들 수 있었다.

그런 동부 숲 지대에 인간의 형상을 한 사내가 찾아왔다.

동부 숲에 군락을 이루며 살아가는 엘프족 전사들은 의문의 사내를 포위한 채 서 있었다.

엘프족 상급전사 레이몬드는 그를 찢어 죽일 듯한 눈빛으로 바라보며 물었다.

"죽고 싶은 건가?! 감히 숲의 종족에게 도전장을 내밀다니! 도대체 어디서 굴러먹던 놈인가?!"

"후후, 역시 엘프족 수컷들은 성질이 더럽기 그지없군."

"뭐, 뭐라?!"

"언젠가는 네놈들이 왜 그렇게 성질이 더러운지 꼭 연구해 보고 싶었다. 너희의 성질이 우리 종족보다 더 지랄 같거든."

"흥! 인간의 성질머리가 오죽하겠나?!"

사내는 고개를 가로저었다.

"인간이라니, 내가 그렇게 미천한 존재로 보이나?"

순간 엘프족 전사들은 고개를 갸웃거렸다.

"미천하다?"

"서, 설마……!"

순간, 사내는 안색을 바꾸어 곧장 두 손을 번쩍 들어 올렸다.

그러자 엘프들이 서 있던 땅으로 미친 듯이 검은 낙뢰가 떨어져 내렸다.

쾅쾅쾅쾅!

빠직!

"크헉!"

"이, 이런 말도 안 되는 일이?!"

검은 번개에 맞은 전사들은 곧장 불에 타 흔적을 찾을 수가 없었다.

이 세상에서 이렇게 강력한 마법을 사용할 수 있는 종족은 오로지 하나, 대륙의 관조자인 드래곤이다.

"아, 아힌리히트?!"

"보기보다 머리가 나쁘군. 이럴 땐 그저 고개를 숙이는 것이 최고다. 네 족장이 너희를 그렇게 가르치던가?"

"죄, 죄송합니다!"

무려 30명의 엘프를 단 1초 만에 가루로 만들어 버린 아힌리히트는 그를 이끌고 숲 안쪽으로 향했다.

"너희 족장에게 나를 안내하라."

"예, 알겠습니다!"

대륙의 절대자라 불리는 아힌리히트의 방문은 엘프들의 모골을 송연하게 만들었고, 그들은 마치 신이라도 맞이하는 듯 조심스럽게 그를 인도했다.

* * *

동부 숲지대 엘븐 포레스트에는 총 60만 명의 엘프가 서식하고 있었는데, 그중에서 가장 강력한 권력을 가진 12명의 장로가 각 부족을 다스렸다.

부족 연합체인 엘프들의 국가는 모든 장로가 자신들의 입장에 따라 의견을 제시하고 그것을 의회에 통과시켜 법안을 재정했다.

이렇게 모든 엘프가 동등하다는 전제하에 공화정 정치를 펼치는 엘븐 포레스트이지만 장로들의 권한은 거의 절대적이라고 할 수 있었다.

하지만 그런 장로들이라고 해도 대륙 최고의 생명체인 아힌리히트 앞에선 바짝 고개를 숙일 수밖에 없었다.

"미천한 존재가 절대자를 뵙습니다!"

"절대자는 무슨."

아힌리히트는 도저히 인간의 상식으론 이해할 수 없는 해괴망측한 실험을 자행하는 것으로 잘 알려져 있었다.

또한 변덕이 심하고 성질이 난폭해서 잘못 건드리면 나라 하나가 순식간에 지도에서 사라지기도 했다.

그런 아힌리히트의 심기를 건드렸으니 장로가 죽을죄를 지었다는 듯이 고개를 조아리는 것도 무리는 아니었다.

그는 숲지대 중앙에 있는 세계수 아래에 앉아 장로와 부족의 지도자들에게 말했다.

"오늘 내 심기가 상당히 불편했다. 왜 그런 것인지는 알고 있겠지?"

"물론입니다! 저희 부족의 아들이 아힌리히트 님을 미처

알아보지 못하고 그만……." `

"아니, 내가 화가 난 것은 그 때문이 아니다."

"그, 그럼 어떤……?"

"어떻게 내가 올 것이라는 것을 미리 알아채지 못한 것이지?"

"예, 예?! 그, 그게 무슨……?"

"장로, 내가 자네에게 분명 150년 전에 말했을 텐데? 언젠가 내가 자네의 부족을 찾아갈 것이라고. 잊었는가?"

엘븐 포레스트 아스트족 장로 마이튼은 도대체 이 고룡이 또 무슨 헛소리를 하는 것인지 몰라 허둥지둥했다.

"그, 그것이… 그러니까……."

"어허! 나를 그렇게 경외한다는 사람이 고작 150년 전에 한 말도 기억하지 못한다는 것이 가당키나 한 소리인가?"

"며, 면목이 없습니다! 부디 소인을 죽여 노여움을 푸시옵소서!"

"뭐, 그렇다고 내가 장로를 죽여서 뭣하겠나? 이미 죽을 날이 얼마 남지도 않은 사람을."

"소, 송구합니다."

아무리 지성이 뛰어난 엘프족이라곤 해도 150년 전에 있던 일을 아주 세세히 기억하기란 쉽지가 않았다.

아니, 백번 양보해서 150년 전의 일이 기억났다고 쳐도 갑자기 부족의 영토로 쳐들어올 사람을 어떻게 미리 알고 맞이

한단 말인가?

마이튼은 지금 아힌리히트가 무슨 꿍꿍이를 숨기고 있다고 생각했다.

'도대체 우리에게 원하는 것이 무엇이기에 이 난리를 벌이는 거지?'

두뇌 회전이 타의 추종을 불허할 정도인 마이튼이 이렇게까지 고전한다는 것은 태어나 처음이다. 아주 찰나의 순간을 이용해 깊은 생각에 빠져 있던 그에게 아힌리히트가 말했다.

"아무튼 내가 이곳까지 직접 왔으니 그냥 아무런 용건도 없이 오진 않았겠지. 그렇지 않나?"

"귀한 걸음을 하셨을 때엔 그에 합당한 연유가 있을 것이라고 생각합니다. 도대체 무슨 일로 이 누추한 곳까지 행차하셨는지……."

아힌리히트는 그에게 다짜고짜 오른손을 내밀었다.

"내놔."

"예? 뭐, 뭘……."

"약속한 그 아이 말이다."

"아, 아이요?"

이건 또 무슨 소리인가 싶어 고개를 갸웃거리는 그에게 아힌리히트가 답답하다는 듯이 말했다.

"거참, 정말로 머리가 나쁘군. 자네들 부족에서 태어난 하이엘프들의 자제 중 가장 마력과의 친화력이 뛰어난 아이 말이야."

순간 마이튼의 얼굴이 잔뜩 일그러졌다.

"치, 친화력이 높은 아이라면……."

"인간의 마법사와 교배해서 낳은 아이겠지. 그것 말고 뭐가 또 있나?"

하이엘프는 엘프 중에서도 자연 친화력과 신체적 능력이 아주 뛰어난 상위 계층의 사람이다.

그런 그들 사이에선 보다 더 뛰어난 인재들이 태어나곤 하는데, 그중에는 인간의 피가 섞인 이들도 가끔 있었다.

아힌리히트는 그런 특이한 피를 가진 아이를 원하여 직접 이곳까지 찾아온 것이다.

마이튼은 설마하니 자신을 찾아온 이유가 아이를 달라는 일일 줄은 꿈에도 생각지 못했다. 게다가 지금 그가 원하는 아이는 마이튼의 친손자이자 장자의 장남이다.

'오, 신이시여!'

엘프는 철저한 부계사회이기 때문에 장자가 없으면 상류 사회에서 도태되게 된다.

또한 장남의 손을 가장 귀하게 여기는 엘프족에서 아들을 빼앗긴다는 것은 있을 수 없는 일이었다. 마이튼은 집안의 아주 귀한 손을 빼앗길 위기에 놓인 것이다.

아힌리히트는 당혹감에 물든 그를 바라보며 슬며시 미소를 지었다.

"지금 당장 내어놓으라는 건 아니야. 한 달의 시간을 주지. 그 안에 결정을 내릴 수 있도록."

"…예, 알겠습니다."

"그럼 나는 이만."

이윽고 아힌리히트는 텔레포트로 자신의 레어까지 순식간에 사라져 버렸고, 마이튼은 참담한 심정으로 그가 사라진 곳을 바라보았다.

*   *   *

늦은 밤, 마이튼의 장남 엘라손은 아들을 빼앗길 수 없다며 발버둥을 치고 있었다.

"아버님! 레비로스는 우리 집안의 장손입니다! 그런 아이를 저 빌어먹을 도마뱀에게 넘긴다니 그게 말이나 됩니까?!"

"말조심해라. 언제 그가 다시 쳐들어올지 아무도 알 수 없어. 그런데 그렇게 망발을 지껄여서야 되겠느냐?"

"아버님!"

마이튼은 자신을 꼭 빼닮은 레비로스를 생각하며 살며시 눈을 감았다.

"그래, 레비로스는 우리 집안의 장손이지. 그와 동시에 우리 부족의 미래이기도 하고."

"그걸 아시면서 이런 결정을 내리신단 말입니까?!"

"어쩔 수 없는 선택이다. 차라리 다시 200년을 기다리고 말지 부족이 망하는 꼴을 가만히 두고 볼 수는 없는 노릇이 아니냐?"

"하, 하지만……!"

"나도 가슴이 찢어진다. 우리가 드래곤에게 아이까지 바쳐야 하다니, 이 속이 정상일 리가 없지 않느냐? 하지만 어쩌겠느냐? 우리가 그들보다 약하게 태어난 것을."

"……"

엘라손은 마이튼의 정략으로 인간들의 왕녀와 혼례를 올렸다.

그리고 그녀와의 결혼생활 50년 만에 드디어 첫 아들을 얻었고, 그 아이는 인간과 엘프의 가장 큰 장점이 잘 조합되어 태어났다.

이런 손은 다시는 태어날 수 없을 것이며, 설사 태어난다고 해도 레비로스보다 완벽할 수는 없을 것이다. 엘라손은 다시 한 번 마이튼을 설득하기 위해 무릎을 꿇었다.

"아버님, 제발, 제발 이 아이만은 놓치지 않게 해주십시오!"

"…방법이 없다는 것은 네가 더 잘 알지 않느냐? 그런데도 이런 소리를 한단 말이냐?"

"그, 그건⋯⋯."

엘라손은 미래 장로가 될 사람이다.

그런 그가 사사로운 감정에 빠져 아들을 감싸고도는 것은 엘프족의 패러다임으로선 도저히 상상할 수 없는 일이었다.

엘프들은 대와 소를 놓았을 때, 무조건 대를 위해 소를 희생하는 종족이기 때문이다.

"아힌리히트가 설마 레비로스를 죽이기야 하겠느냐? 그냥 좋게 받아들이거라. 용족의 슬하에서 자란 아이는 이 세상 누구보다 더 강하게 성장할 것이다. 그렇게 생각하면 마음이 편안해지지 않겠느냐?"

"⋯⋯."

하지만 무려 50년 만에 얻은 아이를 보내야 하는 아버지의 마음은 쉽사리 가라앉을 생각을 하지 않았다.

"⋯전 이만 나가보겠습니다."

"엘라손!"

쾅!

거칠게 문을 닫고 나가 버린 엘라손을 바라보며 마이튼은 한숨을 푹 내쉰다.

"어쩌다 우리 부족에게 이런 말도 안 되는 일이⋯⋯."

수심이 가득한 마이튼의 눈동자엔 어느새 눈물이 맺히고

있었다.

3개월 후, 아힌리히트는 마치 시계로 잰 듯이 정확한 시간에 레비로스를 마중하러 나왔다.

엘프족의 일원은 드래곤 아힌리히트가 벌이는 만행을 그저 바라만 볼 뿐, 그 어떤 말도 할 수가 없었다.

자신의 아이가 잡혀가지 않은 것만으로도 충분히 몸을 사릴 이유가 되었기 때문이다.

"꺄아!"

"눈동자가 파란색이군. 그래, 이런 아이들이 마법에 적응하기 쉽지."

레비로스는 아무것도 모른 채 아힌리히트의 손가락을 잡고 옹알이를 했다.

그런 그를 바라보며 아힌리히트는 아주 짧은 미소를 지을 뿐이다.

"충분한 시간을 주었다고 생각한다. 이의는 없겠지?"

"물론입니다! 아힌리히트 님께 드리는 제물, 기꺼이 받아 주신다면 더 이상 감사의 말을 붙일 수가 없겠지요!"

"후후, 그래? 그렇다면 다행이고."

엘라손은 오늘 레비로스의 고별 행사에 참석하지 않았다.

아힌리히트는 그가 없다는 것을 알고는 연신 고개를 갸웃거렸다.

"그나저나 아이의 아비는 자식의 마지막 모습을 보지 않겠다던가? 어째서 모습이 보이지 않지?"

"그, 그것이……."

그는 말을 더듬는 마이튼의 눈빛에서 아주 많은 감정을 읽은 듯 별다른 말을 하지 않았다.

아무리 아힌리히트라고 해도 아들을 잃은 아비를 나무랄 정도로 악랄하지는 않은 모양이다.

"그럼 나는 간다."

"부디, 부디 제 손자를 잘 부탁드립니다! 이 늙고 미천한 엘프의 마지막 소원입니다!"

"그건 장담할 수 없다. 이놈이 얼마나 특출한 놈인가에 따라서 모든 것은 결정된다."

이윽고 아힌리히트는 모습을 감추어 버렸고, 남은 사람들은 슬픔에 잠기고 말았다.

* * *

대륙 남부에 위치한 아힌리히트 정글에 비가 내리고 있다.

쏴아아아아아아!

1년 내내 거의 하루도 빼놓지 않고 비가 내리는 이곳 아힌리히트 정글은 건기와 우기를 나누는 기준이 참으로 애매했다.

거의 매일 비가 내리는 곳에 건기와 우기를 나누는 것이 애초에 말도 안 되기 때문이다.

그나마 강수량이 가장 적은 겨울이 건기라고 할 수 있는데, 이때는 눈이 매일같이 내리기 때문에 겨울 생물이 자생하는 경우도 있었다.

여름에는 매일 홍수, 겨울에는 대지를 뒤덮는 폭설 때문에 이곳은 인간이 살 수 없는 금역이라고 알려져 있었다.

또한 고룡 아힌리히트가 둥지를 튼 이곳에 타 종족이 발을 들인다는 것 자체가 자살행위라고 할 수 있었다.

아힌리히트는 자신의 종족에겐 상당히 관대한 모습을 보이지만 타 종족은 벌레부터 인간까지 모든 종족을 똑같은 생명체로 보았다.

그래서 인간이나 벌레나 자신의 집에 들어온 불청객은 모기를 때려잡듯 죽여 버렸다.

하지만 단 하나 예외가 있었는데, 아힌리히트가 데리고 온 생명체에 한해선 자신이 직접 죽이는 일이 없었다.

그 이유는 바로 아힌리히트가 하고 있는 실험 때문이었는데, 그는 대륙 최강의 생명체를 만들겠다는 일념하에 대륙에 있는 모든 생명체 중 가장 뛰어난 종자만 모아서 매일 생존 실험을 거듭했다.

그 실험에서 살아남은 자는 계속해서 이곳에 거주할 수 있는 자격이 주어지는데, 그 또한 그리 행복한 삶은 아니었다.

매일 생존 때문에 전전긍긍하며 살아야 하는데, 그 인생이 과연 행복할지는 의문이다.

하지만 그럼에도 불구하고 이곳으로 끌려온 생명체는 자신의 생명이 다할 때까지 투쟁을 계속하는 수밖에 없었다.

레비로스는 그런 아힌리히트의 정글에서 벌써 10년째 목숨을 부지하고 있었다.

그는 엘프임에도 불구하고 초식이 아닌 잡식을 택했으며, 생존을 위한 기술로 마법을 익혔다.

처음 이곳에 와서 5년 동안 아힌리히트의 서재에서 지낸 레비로스는 영문도 모른 채 매일같이 사냥하는 법을 익혔다.

낮에는 아힌리히트의 서재에서 생존과 마법에 관한 서적을 탐독하다가 밤에는 매일같이 몬스터들에게 쫓기는 생활을 해왔다.

그러다 보니 레비로스의 성격은 점점 포악해져 갔고, 아힌리히트와 자신을 버린 엘프들을 원망하는 마음은 날이 갈수록 커져갔다.

우득, 우득!

비가 억수처럼 내리는 정글 구석에 위치한 동굴로 들어간 레비로스는 오크의 다리를 뜯어먹었다.

"쩝쩝! 맛대가리 한번 더럽게 없군."

레비로스가 이곳에 와서 10년 동안 먹어보지 못한 고기는 드래곤 고기와 엘프 고기가 유일했다.

뱃속에 들어가 소화가 될 수 있는 것이라면 무엇이든 식량으로 삼기 때문이다.

때문에 자신의 능력에 한에서 사냥할 수 있는 대상은 무조건 사냥감으로 생각했다.

지금 그가 먹고 있는 오크 역시 생존을 위해서라면 잡아먹지 않을 이유가 없는 것이다.

레비로스의 나이 이제 겨우 열 살이지만, 그가 익힌 마법으로 따지자면 이미 5서클 마스터에 이르렀다.

그는 이 세상의 모든 사물을 자신 앞에 소환할 수 있는 소환술을 익혔는데, 그가 심장에 지니고 있는 마나로 통제할 수 있는 모든 것을 다룰 수 있었다.

또한 소환술로 자신의 몸에 일정한 기운을 강림시켜 몸 전체를 무기처럼 다루는 것도 가능했다.

때문에 그는 지금까지 끝도 없이 밀려드는 몬스터들의 향연을 뚫고 여기까지 온 것이다.

그는 오크의 다리를 씹어 먹으면서도 머릿속으론 과연 어떻게 아힌리히트와 엘프족 장로에게 복수를 할지 끝도 없이 구상하고 있었다.

"빌어먹을 도마뱀 같으니……. 내 언젠가는 네놈의 모가지와 엘프족 장로의 모가지를 함께 쳐서 개새끼의 먹이로 줄 것이다!"

그는 오늘도 생존을 위한 투쟁을 계속 이어나갔다.

*　　　*　　　*

50년 후, 레비로스는 드디어 성인이 되었다.

엘프가 성인이 되면 인간의 나이로는 완연한 중년이 되어야 한다.

때문에 엘프의 나이는 인간의 입장에선 도저히 가늠하기 힘들고, 오로지 그의 연륜과 지혜만으로 짐작해야 한다.

그는 이제 7서클 마스터가 되었는데, 더 이상의 진전이 이뤄지지 않았다.

이곳에서 끝까지 살아남아 엘프족에게 복수를 하자면 최강의 생명체가 되어야 하는데 지금으로선 무리가 있었다.

레비로스는 가끔씩 아힌리히트의 레어에 몰래 침투해 책을 훔쳐보고 있었는데, 그것만으론 도저히 답을 얻을 수 없었다.

하지만 그러던 어느 날, 레비로스에게 절호의 기회가 찾아왔다. 그것은 바로 아힌리히트가 죽어 있던 대마법사 아호라베트를 살려낸 것이다.

대륙 최고의 마법사 아호라베트는 인간으로선 최초로 10서 클 마스터에 오른 전설적인 인물이다.

문헌에 따르면 그는 오대원소와 날씨를 자유자재로 다룰 수 있으며, 죽어 있는 생명체에게 생명을 불어넣을 수 있다고 되어 있다.

정확한 것은 그를 직접 봐야 알 수 있겠지만 문헌이 아주 말도 안 되는 헛소리를 실어놓은 것은 아니기 때문에 충분히 신빙성이 있었다.

이에 레비로스는 아힌리히트가 되살려 놓은 아호라베트를 죽여 그 심장을 취하기로 했다.

오래된 시체를 되살려 마법으로 봉인해 놓으면 이전과 비슷하거나 조금 약한 미력을 가진 리치로 되살아난다.

리치는 오로지 마력의 응집체인 마나하트에 의지해 살아가는 것이니 그를 죽이고 심장을 취하면 분명 좋은 효과가 있을 터였다. 레비로스는 아호라베트가 기거하고 있는 지하 던전을 찾았다.

휘이이이잉!

꽤나 을씨년스러운 바람이 지하 던전을 스쳐 지나간다.

"누가 좀비 아니랄까 봐 아주 더럽게 습한 곳에 짱 박혀 있군."

그는 자신과 함께 내려온 오크와 고블린 전사들에게 명령했다.

"가라."

"크, 크룩."

"가라고 했다."

레비로스는 오크와 고블린들과의 전쟁에서 혈혈단신으로 승리했다.

그로 인해 얻은 권력은 각 부족의 전사들을 동원하여 자신 대신 고기방패가 되도록 만들 수 있었다.

그가 죽으라면 죽는 시늉도 해야 하는 오크전사들이지만 리치가 만들어둔 트랩의 위력 앞에선 쉽사리 발이 떨어지지 않았다.

"어쭈, 살고는 싶고 내 말은 듣기 싫다는 거네?"

"크⋯⋯."

"그런데 이 새끼가⋯⋯?!"

레비로스는 아까부터 망설이는 오크의 엉덩이를 발로 확 걷어차 버렸다.

그러자 녀석의 몸이 저만치 멀리 튕겨져 나갔다.

퍼억!

"끄웨에에에엑!"

바로 그때였다.

화륵, 우르릉, 콰앙!

불기둥과 천둥번개가 사방에서 몰아치는 바람에 발을 잘못 디딘 오크는 그 흔적을 찾아볼 수 없을 정도로 처참한 몰골이 되어버렸다.

그제야 레비로스는 전설이 어느 정도 사실이라는 것을 깨닫게 되었다.

"후후, 좋아. 아주 뜬소문을 적어둔 것은 아니라는 소리군."

레비로스는 이곳에서 지내면서 가장 뼈저리게 느낀 것이 하나 있었다.

이 세상의 모든 것은 쉽게 얻을 수가 없으며, 위험부담이 크고 힘든 일일수록 그 열매가 달콤하고 값지다는 것이다.

결국 손쉽게 얻은 것은 손쉽게 사라질 뿐만 아니라 위험부담이 없는 일은 그 대가가 아주 별 볼 일 없다는 것이다.

한마디로 지금 이렇게 정신이 나갔다고 생각할 정도로 과하게 트랩을 설치했다는 것 자체가 그 대가를 시인하는 일이다.

그는 앞에 있는 고블린과 오크들에게 소리쳤다.

"저곳을 통과하면 적어도 몇 놈은 살 수 있다! 하지만 내 쪽으로 도망 오면 반드시 살아나갈 수 없을 것이다! 알겠나?!"

그렇게 외치곤 양손에 가고일의 발톱으로 만든 사이드를 소환했다.

챙!

마치 사신의 낫처럼 생긴 그의 무기는 시공간을 뛰어넘어

고대에서 소환한 명검 중에 명검이었다.

가고일의 뼈는 죽어서 시간이 지나면 지날수록 그 단단함이 더해지는데, 레비로스가 소환한 이 낫은 무려 6천 년이나 땅속에 잠들어 있던 가고일의 발톱이다.

어지간한 무기로는 썰리지도 않으며, 용암이 닿아도 절대로 녹지 않는 능력을 갖고 있었다.

그는 가고일의 발톱 위에 유황불을 소환하여 오크들 앞으로 내밀었다.

화륵!

"이곳을 지나가라! 하지만 네놈들은 죽을 때까지 온몸이 불덩이로 뒤덮여 고통스럽게 죽어갈 것이다!"

"키헥, 키헥!"

오크들보다 이 상황에 대해 빨리 분석한 것은 역시 고블린이었다.

고블린들은 이곳에서 괜히 도망치려다 개죽음을 당하느니 몇몇이라도 살아남아 이곳을 빠져나가는 것이 현명하다고 판단했다. 그들은 레비로스가 더 압박하기 전에 일제히 던전 안으로 몸을 던졌다.

"키헤에에에엑!"

"후후, 그래, 그래야지!"

하지만 던전 안으로 몸을 던진 고블린들은 여지없이 100미터도 채 못 가서 몸이 타죽고 말았다.

빠지지지지직!

"캑!"

"이런 젠장, 도대체 트랩을 어디까지 설치해 놓은 거야?!"

바로 그때, 던전 깊숙한 곳에서부터 마치 개가 짖은 듯한 소리가 들려왔다.

"…컹컹!"

"뭐지? 코볼트?"

코볼트는 개의 머리에 고블린의 몸통을 가지고 있는 최약체 몬스터 중의 하나다.

만약 코볼트 수백 마리가 덤빈다고 해도 레비로스의 적수가 될 수는 없었다.

그는 자신의 손에 얼음으로 된 체인소드를 소환했다.

"빙(氷)!"

쫘드드드드득!

한기로 빛나는 체인소드를 손에 쥔 레비로스는 곧 닥쳐올 코볼트들의 공습에 대비했다. 하지만 바로 그때, 그는 자신의 얼굴까지 들이닥치는 화염과 마주했다.

푸하아아아악!

"이런 제기랄!"

가까스로 화염을 피해낸 레비로스는 두 눈을 부릅뜨고 앞을 막아선 괴물의 정체를 확인해 보았다.

"크륵, 크륵!"

"바, 발록?!"

고대 악마들의 수하인으로 알려진 발록은 무려 15미터나 되는 육중한 덩치에 불 채찍을 휘두르는 초대형 몬스터이다.

지금까지 레비로스는 수많은 몬스터를 봐왔지만, 이토록 무식하고 엄청난 몬스터는 또 처음이다.

"빌어먹을 해골바가지 같으니, 도대체 이곳에 뭘 가져다 놓은 거야?!"

아직까지 그 얼굴을 확인해 본 적도 없는 리치이지만, 레비로스는 그의 마력이 상상 그 이상일 것이라고 추측했다.

그렇다면 조금 고생스러워도 이놈을 쓰러뜨린다면 충분히 리치의 심장을 취할 가치가 있다는 뜻이다.

"쿠오오오오오!"

"오냐, 네놈을 꺾고 최강의 생명체가 되겠다!"

아힌리히트가 말하는 최강의 생명체란 지상과 지하를 막론한 최고의 전투병기를 말한다. 그는 고대 몬스터인 발록까지 자신의 발아래에 두려는 것이다.

하지만 그 과정은 결코 쉽지가 않았다.

촤락!

발록의 채찍은 닿는 즉시 모든 것을 녹여 버릴 정도로 지독

한 화염을 가지고 있었다. 또한 그 몸에서 나오는 체액 또한 용암으로 되어 있어 살짝 스치기만 해도 몸이 녹아버릴 것이다.

제아무리 레비로스라 해도 긴장하지 않을 수가 없었다.

그는 자신의 손에 냉기의 방패를 소환하는 동시에 체인소드를 창으로 바꾸었다.

꽈드드득, 챙!

그리곤 발록의 파상공세를 방패로 막아내며 조금씩 앞으로 전진해 갔다.

쾅쾅쾅!

"크흑! 역시 쉽지 않은 상대구나!"

이제 그는 더 이상 지상에서 놈을 상대할 수 없다는 것을 깨달았다.

"플라이!"

레비로스는 자신의 등에 길이 3미터의 날개 한 쌍을 소환했다.

파앙!

재빠르게 땅을 박차고 오른 레비로스는 던전 지하에서 불어오는 바람을 따라 몸을 맡겼다.

그러다 자신을 향해 날아오는 채찍을 피해 몸을 옆으로 비틀어 공간을 만들었다.

"이때다!"

퍼억!

"크아아아아앙!"

발록은 심장 부근에 두 개의 핵을 가지고 있는데, 그중 하나가 터지면 연쇄반응을 일으켜 거대한 몸집이 녹아내려 죽는다. 정확히 심장을 찔린 발록은 그 자리에서 용암이 되어 사라져 갔고, 그로 인해 던전은 용암 천지로 바뀌어 버렸다.

쿠르르르륵!

잘못하면 그 열기에 레비로스까지 녹아버릴 상황, 하지만 그는 여기서 포기하지 않았다.

"젠장! 어차피 최강자가 될 수 없다면 이곳을 빠져나갈 생각도 없다!"

그는 오히려 던전 깊숙한 곳으로 몸을 날렸고, 지하에서부터 뿜어져 나오는 계류에 의해 지하로 점점 빨려들어 갔다.

"으아아아악!"

이내 그의 모습은 찾아볼 수 없었고, 발록은 계속해서 분화를 이어나가고 있었다.

*　　　*　　　*

얼마나 시간이 지났을까?

레비로스는 자신이 용케 살아남았다는 것에 안심하며 눈

을 떴다.

"…머리가 지끈거리는군."

간신히 살아남긴 했지만 일시적으로 그와 한 몸이 되었던 날개는 이미 부러져 제 기능을 할 수가 없게 되었다.

이제 날개를 아공간으로 다시 되돌려 보낸 레비로스는 주변의 경관을 둘러보았다. 이곳은 뾰족한 고딕양식의 지붕과 유리 조각으로 만든 모자이크 양식 유리창으로 만들어져 있었다.

인간 중에서도 왕족, 혹은 신관들이 사용하는 저택이나 신전의 모습이 딱 이러할 것이다. 하지만 인간 세상에 대해선 거의 아는 것이 없는 레비로스로선 그저 낯선 건물일 뿐이었다.

"취미 한번 고상하군."

한참 고딕양식 건물에 대한 감상을 이어나가던 레비로스에게 이미 죽은 자의 기운이 다가왔다.

순간 레비로스는 체인소드를 소환했다.

챙!

"누구냐?!"

"…레비로스?"

"누구냐고 물었다!"

그의 앞에는 파란색의 긴 생머리에 백색 피부, 초록색 눈동자를 가진 여인이 서 있었다.

아무래도 레비로스가 찾아 헤매던 리치는 바로 이 인간 여자였던 모양이다.

"흥! 네가 바로 이곳의 주인인 해골바가지인 모양이군."

"그렇다면 넌 레비로스?"

"그래, 내가 바로 레비로스다. 너의 모가지를 쳐서 심장을 도려낼 장본인이지."

이제 그는 이 리치의 심장을 도려내 최강의 생명체가 될 것이다. 그런 그를 향해 그녀는 마치 보물, 혹은 마약을 본 것처럼 넋을 놓은 채 서서히 다가왔다.

"레, 레비로스……."

"뭐, 뭐야? 이 해골바가지가 미쳤나?!"

"아아, 레비로스! 내 아가……."

순간, 레비로스는 고개를 갸웃거린다.

"리치도 노망이 나나? 혹시 치매에 걸린 상태로 리치가 되었나?"

"흑흑, 레비로스……!"

그녀는 미친 듯이 레비로스에게 달려들었고, 그는 자신도 모르게 검을 내질렀다.

서걱!

"으윽!"

"그, 그러게 왜……."

리치는 자신의 팔을 레비로스에게 내어주었음에도 불구하

고 여전히 미소를 띠고 있었다.

"그래, 나를 원망하려거든 실컷 원망하렴."

"무슨 개소리를 지껄이는 거냐?!"

그녀는 자신의 심장을 가리키며 말했다.

"내 심장을 원하면 가져가렴. 대신 나의 얘기를 잠시만 들어줄 수 없을까?"

"뭐?"

"나의 얘기를 들어준다면… 심장을 내어줄게. 그러니 제발……."

죽을 고비를 넘겨 이곳까지 온 레비로스였지만 어쩐지 그녀에게 칼을 들이대면 안 될 것 같은 생각이 들었다.

'뭐지, 이 말도 안 되는 느낌은?'

그녀는 레비로스에게 자신의 팔에 있던 팔찌를 풀어 건넸다.

"아마 네 목에는 블루사파이어로 만든 목걸이가 걸려 있을 거야. 그건 내가 왕국에서 시집오면서 가지고 온 왕족의 징표란다. 나는 갓 태어난 너를 이곳으로 떠나보내면서 그 목걸이를 목에 걸어주었어. 그리고 그 안에 있던 보석 하나를 빼내어 팔찌로 만들었지."

순간 레비로스는 화들짝 놀라며 자신의 목걸이를 만지작거렸다.

"네, 네놈! 어떻게 이런 사실까지……."

"말했잖니. 난 네 엄마니까."

도무지 믿을 수 없는 얘기였지만 레비로스는 아주 어릴 때부터 이 목걸이를 지니고 있었다. 그리고 아힌리히트는 언젠가 그에게 이 목걸이가 탄생을 증명해 줄 것이라고 말했었다.

'빌어먹을 도마뱀 같으니, 도대체 무슨 수작을……'

그는 일단 그녀의 얘기를 들어보기로 했다.

"그래, 네가 나를 죽이려 들었다면 벌써 나는 저세상 사람이 되었겠지. 일단 얘기나 한번 들어보자고. 하지만 거짓을 말한 것이라면…"

"…이리 오너라. 내가 진실을 말한 후에 심장을 내어줄 테니."

레비로스는 그녀를 따라 밀실 안으로 자취를 감추었다.

* * *

아힌리히트의 레어 안.

그는 인간의 모습으로 독서에 빠져 있다. 그런 그에게 데스나이트 가레스가 모습을 드러냈다.

척!

"주인님, 리치의 둥지에 놈이 들어갔습니다."

"오호, 그래?"

즉시 책을 덮어버린 그는 흥미롭다는 눈으로 가레스에게 물었다.

"리치는 어떻게 행동하던?"

"자신의 정체를 밝힐 생각인 것 같습니다."

"후후, 아들내미는 자신의 심장을 원하는데 과연 대화가 될까?"

"······."

그는 레비로스를 처음 데리고 올 때부터 범상치 않은 아이라는 사실을 알고 있었다.

그래서 그는 매일 밤 그를 정글 속에 던져놓고 힘을 키우도록 유도한 것이다. 하지만 이제 그는 최강의 생명체로 다시 태어날 그에게 마지막 숙제를 내어주었다.

그것은 바로 자신을 낳아준 어미를 죽이고 심장을 취하느냐, 아니면 계속해서 지금에 머무느냐 하는 것이었다.

"어느 날 세실리아가 나를 찾아와 말했다. 그녀는 자신의 아들을 보기 위해 리치가 되었다고 하더군. 아들이 언제 레어에서 나올 수 있을지 몰라서 스스로 목숨을 끊고 영혼을 파멸시켰다고 했어."

"······."

"그런데 이제 와서 생각해 보니 그녀는 일부러 아들을 조금이라도 빨리 이곳에서 끌어내기 위해 스스로 리치가 된 것 같

아. 방법이 좀 잔인하긴 하지만 이것 역시 내리사랑인 것이지."

"…만약 심장을 취하지 않으면 어떻게 됩니까?'

"레비로스가 죽겠지. 그곳에서 빠져나가기 전에 몬스터들에게 끝도 없는 공격을 당할 것이거든. 알지? 던전 안의 몬스터들은 지상의 몬스터들과는 아예 그 근본부터 다르다는 것을."

"그럼……."

"놈이 살 수 있는 방법은 오로지 하나다. 어미의 심장을 흡수하는 것."

"……."

가레스는 아힌리히트의 잔악함에 치를 떨었다.

하지만 그는 자신의 이런 잔악함이 언젠가는 현명한 선택이 될 것이라는 것을 믿어 의심치 않았다.

"언젠가는 놈도 나를 이해해 줄 날이 올 거다."

"……."

그는 가레스가 가지고 온 수정 구슬을 통해 레비로스와 세실리아 모자의 상봉을 지켜보기로 했다.

외전 끝

가프 장편 소설

관상왕의
1번룸

FUSION FANTASTIC STORY

거대한 도시의 그늘에서 벌어지는
짜릿하고 통쾌한 이야기!

『관상왕의 1번룸』

텐프로의 진상 처리 담당, 홍 부장.
절망적인 삶의 끝에서 만난 남국의 바다는
그를 새로운 인생으로 인도하는데……

쾌락을 원하는 거부, 성공에 목마른 사업가,
그리고 실패로 절망한 사람들이여.

여기, 관상왕의 1번룸으로 오라!

Book Publishing CHUNGEORAM

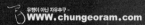

유행이 아닌 자유추구 -
WWW.chungeoram.com

박선우 장편 소설
FUSION FANTASTIC STORY

PERFECT GAME 퍼펙트 게임

고통과 좌절의 시간들을 뛰어넘어
불사조처럼 일어나 세계를 제패한 사나이의 일대기.

대한민국을 넘어 메이저리그를 평정하며
명예의 전당에 헌정된 언터처블 투수, 이강찬.

강철 같은 어깨에서 뿜어져 나오는 그의 패스트볼은
무적이었으며 야구계에 길이 남을 **신화**였다.

야구만을 사랑했던 고독한 사나이.
그의 *퍼펙트게임*이 이제 시작된다!

Book Publishing CHUNGEORAM

유별이 아닌 자유추구
WWW.chungeoram.com

가프 장편 소설

관상왕의
1번룸

FUSION FANTASTIC STORY

거대한 도시의 그늘에서 벌어지는
짜릿하고 통쾌한 이야기!

『관상왕의 1번룸』

텐프로의 진상 처리 담당, 홍 부장.
절망적인 삶의 끝에서 만난 남국의 바다는
그를 새로운 인생으로 인도하는데…….

쾌락을 원하는 거부, 성공에 목마른 사업가,
그리고 실패로 절망한 사람들이여.

여기, 관상왕의 1번룸으로 오라!

Book Publishing CHUNGEORAM

유행이 아닌 자유추구 ─
WWW.chungeoram.com

현대 소환술사

THE MODERN SUMMONER

FUSION FANTASTIC STORY

현윤 퓨전 판타지 소설

하늘이 무너져도 솟아날 구멍은 있다!

드래곤의 실험으로 모진 고난을 겪어야 했던 레비로스!
우여곡절 끝에 소환술사가 되어 최강의 자리에 오르지만
운명은 그를 나락으로 떨어뜨린다.

『현대 소환술사』

다시 한 번 주어진 삶!
그러나 그마저도 암울하기 그지없는데…….

소환술사 레비로스의
인생 역전이 시작된다!